선생님의 해방일지

선생님의 해방일지

초판 1쇄 인쇄 2023년 04월 05일
초판 1쇄 발행 2023년 04월 14일

지음 권영애 & 버츄코칭리더교사모임

펴낸이 이상순 **주간** 서인찬 **영업지원** 권은희 **제작이사** 이상광

펴낸곳 (주) 도서출판 아름다운사람들
주소 (10881) 경기도 파주시 회동길 103
대표전화 (031) 8074-0082 **팩스** (031) 955-1083
이메일 books777@naver.com **홈페이지** www.book114.kr

생각의 길은 (주)도서출판 아름다운사람들의 인문 교양 브랜드입니다.

978-89-6513-783-2 03810

이 도서의 국립중앙도서관 출판예정도서목록(CIP)은
서지정보유통지원시스템(http://seoji.nl.go.kr)과 국가자료종합목록구축시스템(http://kolis-net.nl.go.kr)
에서 이용하실 수 있습니다. (CIP제어번호 : CIP2020015868)

파본은 구입하신 서점에서 교환해 드립니다.

선생님의 해방일지

권영애 & 버츄코칭리더교사모임 지음

차례

첫 번째 이야기

선생님 이전에 그냥 '나' • 015

세 번째 이야기

내 안에도 그런 힘이 있다 · 113

네 번째 이야기

서로의 존재를 아름답게 비출 때 · 161

교육의 질은
교사의 질을 뛰어넘을 수 없다

딸을 키울 때, 낳기 전 약 1년간 태교 일기를 썼고, 낳고나서 3년간 육아 일기를 썼다. 초등학생이 된 딸은 태교 일기, 육아 일기, 영상 중에서 오로지 육아 일기만 걸레가 되도록 읽고 또 읽었다. 하루는 궁금해서 물어보았다.

"딸, 왜 육아 일기만 보니?"

"태교 일기는 실감이 안 나고, 비디오에는 나만 나와 심심하고, 그런데 육아 일기에는 엄마 아빠 마음이 있어서 좋단 말이야."

우리는 나 혼자가 아닌, 의미 있는 한 사람의 마음에 담겨 있는 나를 만나기 원한다. 첫발을 내디뎠을 때, 엄마의 뭉클한 한마디, 아빠의 뜨거운 반응에 관해 묻고 또 묻는다. 엄마 아빠를 통해 체험하는 내 존재 체험이 그렇게 벅찬 기쁨이기 때문이다.

의미 있는 한 사람과의 체험으로 내 존재의 내러티브는 새로운 의미로 전환된다.

"나는 소중한 아이, 나는 사랑받는 아이, 나는 귀한 아이"

우리는 불완전하게 존재하다가, 한 사람에게 사랑받음으로 비로소 내 존재를 인식한다. 그 힘으로 불완전한 누군가의 손을 잡아 준다. 하지만 부모에게조차 한 존재로서 보다는 행동, 결과로만 담아질 때, 존재 체험은 영양실조 걸린 아이처럼 '존재 체험 실조'의 어려움을 만든다. 결국, 어른이 되어서도 지식, 노하우, 콘텐츠에서 습득한 것만으로 사람을 만나, 관계는 처절히 실패하고 또 실패한다. 나 또한 그렇게 실패했고, 또 실패했었다. 부모-교사-아이 모두 '존재 체험 실조'의 시대를 산다.

가슴 뛰는 삶, 좋은 교육자로 살고 싶었지만 '존재 체험 실조'로 10년을 처절히 실패했다. 전문 지식, 프로세스, 노하우로 해결해 보려 집중했었고, 또다시 10년을 실패했다. 오감의 사랑 체험, 존재 체험에 집중했을 때 기적 같은 변화를 체험했다. 인간은 지식 너머 존재였다. 인간은 사랑이라는 근원 파워로만 해석하고 만날 수 있는 고유한 존재임을 체험했다.

"The quality of an education system can never exceed the quality of its teachers."
교육의 질은 교사의 질을 뛰어넘을 수 없다.

나는 한 어린 생명을 전인적 존재로 믿어주는 교사가 교육의 희망, 교실의 희망이라고 믿는다. 교육 지식, 커리큘럼이라는 명시 교육 과정 뒤에 존재 파워(Spiritual Quotient)를 가진 암묵 교육 과정이 교사다.

6개월만 산다면 무엇을 할까?

나에게 그 답은 '버츄코칭리더 교사성장학교'였다. 20여 년 현장 교육자로서 삶의 1막을 접고 2018년 3월, 명퇴 후 시작해 벌써 6년째 운영 중인 교사성장학교는 지식, 콘텐츠, 노하우 전수 대신 '사랑에너지 체험학교, 존재 체험학교다. 체험 교육 과정은 버츄프로젝트를 중심으로 시작해, 내면의 감성, 영성을 깨우는 셀프코칭, 존재코칭 프로그램으로 점차 확대

되었다.

'버츄코칭리더 교사성장학교'에서 우리는 존재 대 존재 체험을 지속했다. 힘든 시간을 지나온 한 선생님은 분노가 들어설 자리에 용서를 내어 주셨다. 어디서도 말하지 못했을 내면 깊숙한 이야기들을 꺼내 놓았고 스스로 성찰하고 함께 마음과 지혜를 나누며 각자의 내면 성장스토리를 써나갔다. 그 이야기를 듣는 내내 우리의 가슴은 촉촉이 젖었고 선생님 한 분 한 분의 성장스토리는 빛나고 아름다웠다. 누가 먼저랄 것도 없이 달려 나가서 따뜻하게 안아주고 손잡아 주는 시간, 서로가 서로에게 의미 있는 존재가 되어준 순간들, 그렇게 지난 5년간 존재 체험을 서로에게 선물하며 선생님들은 아름답게 성장했다.

정기 워크숍 PPT 발표 중 한 선생님의 진심 어린 말이 드라마 대사처럼 가슴에 꽂혔다.

"얼굴도 이름도 없이 들꽃처럼 살다 간 조선의 의병들이 나라를 구했다면, 나는 여기 계신 선생님들과 함께 나라를 구하고 싶소! 각자 있는 곳에서 교실에 있는 한 아이를 살리는 단 한 사람이 되길 원하오. 살아난 그 아이가 살아갈 조선의 미래는 밝을 것이오!"

외부 doing에서 내면 being으로, 존재 자체로 자신을 사랑해준 오감의 경험이 무의식에 가득한 한 사람! 존재 에너지로 삶의 주도성을 회복한 그 한 사람, 그런 행복한 사람이 한 아이를 만난다는 것은 엄청난 힘을 가진다.

너의 존재만으로도 충분히 행복하다는 마음, 그 마음을 온전히 전달하는 오감의 언어들, 아이가 상처받은 시간만큼 충분히 기다리는 인내, 우리의 한계를 솔직히 인정하는 겸허한 자세, 완벽하지도 충분하지 않더라도 우리의 노력과 사랑은 아이들의 마음에 차곡차곡 쌓여간다는 믿음, 마음과 행위의 일치, 교실과 삶의 일치, 존재 대 존재의 사랑 에너지 일치만이 한 아이의 영혼을 오롯이 만날 수 있음을 20년을 돌고 돌아 이제야 깨달았다. 모든 아이는 고통과 시련을 이겨내고 자신의 잠재력과 그 아이만이 가진 아름다운 것을 펼칠 내면의 힘을 가지고 있으며 그것을 깨울 수 있는 건 그 무엇도 아닌 의미 있는 한 사람과의 존재 체험이었다. 외부 방법에서가 아니라 내 안의 존재 파워에 답이 있었다.

보이지 않는 곳에서 수많은 천사 선생님이 교육계에 사랑의 불씨를 심고 있다. 메마른 세상에 따뜻한 작은 희망, 작은 등불이 될 것이다. 나 하나 불씨 심는 게 소중하고, 나 하나 등불 꺼뜨리지 않는 게 소중하다. 나 하나가 세상의 희망이다.

부모, 교사가 위대한 건 이미 그 힘이 내 안에 있기 때문이다.

우리는 이미 빛을 품은 존재이기 때문이다.

꽃 샘 _ 권영애

첫 번째 이야기

선생님 이전에 그냥 나

나는 어디에 서 있을까

김은미

　오늘도 전체 회의가 늦어진다. 속이 탄다. 눈치를 보며 옆자리에 앉은 선생님께 눈인사하고 슬쩍 뒤로 돌아 문을 열고 나온다. 학교 앞 버스정류장에 도착하자 우리 집으로 가는 버스가 오는 게 보였다. 버스를 타고 빈자리에 앉았다. 멍하니 창밖 풍경을 보다가 남편에게 카톡을 보냈다.

　"오늘 늦나?"

　답이 없다.

　집까지 가는 길에 작은 마트에 들러 저녁 반찬거리를 샀다. 오늘 메뉴는 제육볶음이다. 한 끼 먹을 만큼의 고기를 사고 마트를 나오며 핸드폰을 확인했다.

"늦어"

남편은 오늘도 늦는단다. 회식이라고 부르는 술 약속을 들으며 화가 나는 시기는 지났다. 조금이라도 더 빨리 알려주면 고기양을 좀 적게 살 텐데 아쉽다. 딸들은 먹는 양이 많지 않아서 아빠가 있고 없고에 따라 양의 차이가 크다. 남은 음식을 또 내가 먹어 치울 생각을 하니 잠시 짜증이 솟았다.

'그래 아까워하지 말고 버리자.'라고 속으로 되뇌며 집으로 다시 향했다. 만든 지 하루 지난 음식은 딸들이 먹지를 않는다. 두 번 먹는 걸 싫어하니 한 번 먹을 만큼 해야지 하면서도 늘 음식이 남았다.

집에 도착하니 불이 꺼져있다. 아이들이 학원에 다니기 시작하면서 귀가 시간이 부쩍 늦어졌다. 불을 켜고 청소기를 돌리고 저녁 준비를 한다. 우선 밥을 확인하고 방금 산 고기와 냉장고에 남은 채소, 제육볶음용 소스를 준비한다. 이전에는 어떻게든 내가 직접 양념을 만들어서 먹이고 싶었는데 시판 소스를 더 잘 먹는 아이들을 보고 마음을 바꿨다. 내가 먹어봐도 시판 소스가 더 맛있다.

제육볶음을 만든 뒤 시간이 좀 남았다. 아침에 돌려놓고 나간 세탁기의 빨래를 꺼내 건조기에 넣고 돌린다. 아이들과 같이 집안일을 하고 싶어 건조기 돌리는 당번을 정했다. 하지만 그게 잘 지켜지지 않는 때가 많아 일찍 오는 날이면 내가 하는 편이다. 딸 셋, 남편과 나, 다섯 식구이다 보니 세탁기와 건조기는 매일 돌려야 한다. 건조기에서 꺼낸 옷들을 개려는데 우리 반 학부모에게서 전화가 온다.

"선생님 안녕하세요. 저 민수 엄마인데요. 오늘 민수가 원우에게 얼굴을 맞았다고 하더라고요."

"아. 네. 놀라셨죠. 쉬는 시간에 놀이했는데 둘이 술래잡기를 하다가 원우가 민수를 잡으면서 얼굴을 때렸다고 하더라고요."

"네. 제가 다른 것도 아니고 얼굴이다 보니 너무 화가 나서요. 작년에 원우가 놀이터에서 다른 아이들에게 욕을 하고 때리는 걸 봤거든요. 쟤만은 우리 반이 아니었으면 했는데…."

"네. 원우를 이전에 본 적이 있으셨군요."

"원우가 민수를 만만하게 생각하고 더 괴롭히는 건 아닌가 싶어서요. 원우가 민수에게 찌질하다고 욕도 했다고 해서요. 원우 엄마는 오늘 일 알고 있나요? 선생님, 이거 사실 학교폭력이잖아요. 원우 다시 이러지 않도록 잘 좀 지도해주세요."

민수가 먼저 원우를 놀려서 원우는 화가 나 있었던지라 술래잡기를 하면서 민수를 때린 것이었다. 수업을 마치고 민수와 원우 각자의 이야기를 듣고 상담을 한 시간 했다. 학기 초부터 조금씩 쌓인 불만들이 나오다 보니 시간이 길어졌다. 서로 화해하고 마무리를 잘했다고 생각했는데 어머님은 원우가 다시 민수를 때리지 못하도록 확답받기를 원하셨다. 사실 민수가 먼저 원우를 놀리거나 시비 거는 일이 많았다. 흥분한 어머니는 민수가 먼저 놀리는 일은 잊고 계신 듯했지만 차마 그 부분에 대해서는 말이 안 나왔다.

현관문 열리는 소리가 들린다. 중학생인 둘째와 초등학생인 막내다. 고등학생인 첫째는 밤 10시는 지나야 온다. 나는 저녁을 준비한 식탁을 손가락으로 가리키고는 안방에 들어가 통화를 계속했다. 한참이 지나서야 통화는 끝이 났다. 머리가 지끈거리고 진이 빠진다. 휴대폰이 뜨끈뜨끈하다. 딸들은 이런 상황이 익숙하다. 저녁에 긴 통화를 한다는 건 학부모에게 전화가 온다는 것이고 그 통화는 최소 한 시간 이상은 걸린다는 것을 말이다. 엄마가 나오기를 기다리는 것보다 밥을 빨리 먹고 학원 숙제를 하는 게 낫다는 것을 말이다.

텅 빈 식탁 위에는 먹다 남은 반찬이 있었다. 남은 제육볶음에 배를 채우려 밥을 한 그릇 떴다. 역시나 채소가 많이 남았다. 그래도 난 채소를 좋아하니 양파와 파를 잔뜩 뜨는데 술이 고프다. 젓가락을 내려놓고 냉장고 한쪽에 숨겨놓았던 맥주캔을 하나 꺼냈다.

한 모금 들이키니 한숨이 나온다. 그 소리가 텅 빈 거실에 울려 퍼지는 듯했다. 습관처럼 휴대폰을 찾으려 고개를 들고 보니 싱크대 안에 쌓여있는 그릇들이 보였다. 거기다 개어야 할 빨랫감들이 떠오르니 짜증이 올라왔다. 맥주를 한 모금 더

들이키는데 갑자기 눈물이 핑 돈다. 뭔가 다 혼란스럽다.

'나는 어디에 서 있을까?'

처음부터 다시 시작

김은미

"선생님 집 몇 평이에요?"

첫날 아이들에게 받은 첫 번째 질문이었다. 선생님에 대해 궁금한 것이 집 평수라니 당황스러웠다. 사람들이 입 모아 말하는 부자 동네에 처음으로 발령을 받았다. 아파트에 둘러싸인 학교, 학부모들은 의사와 교수, 사업하는 사람들이 대부분이라고 했다. 물질적으로 부유한 아이들이니 마음도 부유한 아이들일 거라고 생각했다. 하지만 그 환상은 오래가지 않았다.

누가 몇 평 살고 누가 펜트하우스고 이런 이야기들을 익숙하게 하는 아이들, 쉬는 시간이면 놀기보다 학원 숙제를 하고

6학년이라도 고등학교 수학 문제를 푸는 아이들, 엄마가 정해 준 일정대로 학원에 다니며 12시 넘어서까지 학원 숙제를 하는 아이들.

학교폭력 신고도 많았다. 작년의 가해자가 그다음 해에 피해자가 되고, 작년의 피해자가 그다음 해에 가해자가 되는 일이 흔했다. 학교폭력 신고는 전국 1위를 기록했고 월, 수, 금 아침마다 경찰차가 학교 교문 앞에 와있기도 했다.

그 속에서도 우리 찬영이는 선생님들 사이에서 유명한 아이였다. 모든 선생님이 찬영이는 맡고 싶어 하지 않았다. 욕이나 이상한 농담을 하고 모든 규칙을 지키지 않았다. 야한 이야기도 수업시간 상관없이 했으며 나에게도 반말이나 욕설을 서슴지 않았다. 수업은 매번 제대로 진행되지 못했다. 아이러니하게도 우리 반 아이들은 그런 찬영이의 모습을 좋아했다. 틀을 깨고 이상한 이야기를 하는 찬영이와 그 모습을 보고 당황하는 내 모습을 재미있어했다.

칠판에 판서하는데 뒤에서 소리가 들렸다. 얼른 뒤를 돌아보니 찬영이와 그 짝지다. 짝지가 찬영이에게 받은 무언가를 숨기는 것이 보였다. 다가가서 건네받으니 작은 쪽지였다. 펴서 보니 어제 자위한 이야기와 여성의 신체를 그려놓은 것이었다. 내가 놀라서 찬영이 쪽으로 고개를 돌렸다. 내 쪽으로 손가락 욕을 하다가 손 모양을 바꾸는 게 보였다.

"송 찬 영!"

나도 모르게 큰 소리가 나왔다.

"송 차안 여엉~"

찬영이가 내 흉내를 낸다. 그럴싸하다. 아이들은 웃음이 터졌다.

"얘들아, 조용!"

"애~들~아~조~~~"

이번에는 찬영이가 짱구 춤을 추면서 내 흉내를 낸다. 아이들이 더 크게 웃는다.

"뒤로 나가!"

"아! 왜 또 XX이야~"

나를 한번 노려보던 찬영이는 자리에서 천천히 일어나 엉덩이를 씰룩이며 뒤로 가서 선다. 아이들은 웃음이 나오지만 그나마 내 눈치를 보며 손으로 입을 막았다. 수업을 다시 시작하려는데 뒤에 서 있던 찬영이가 창가로 짱구 춤을 추며 이동한다. 아이들은 또 웃음이 터졌다. 그러다 찬영이가 갑자기 바지 앞에 기다란 비닐봉지를 붙이고 야한 영상을 흉내 내며 신음과 함께 허리를 흔들었다. 아이들은 숨이 넘어갈 듯 웃었고 그 속에 나의 조용히 하란 소리는 묻혔다. 모두가 웃는 상황에서 나만 웃지 않았다. 나만 웃지 못했다.

이런 상황이 반복되자 학급 회의를 열었다. 안건은 찬영이었다. 찬영이를 재미있어하면서도 불편해하는 아이들이 있었다. 학급에서 불편했던 행동에 관해 물었다. 찬영이를 규탄하는 대회가 열린듯했다. 찬영이가 했던 잘못된 행동에 대해 아이들이 이야기했고 나는 칠판에 받아 적었다. 내가 몰랐던 이야기까지 나왔다.

이제 수업 시간에 지켜야 하는 규칙에 관해 물었다. 아이들 입에서는 다양한 방법이 나왔다. 아이들과 함께 우리 반의 지켜야 할 규칙을 정했다.

"선생님 말 안 들으면 한 번 경고, 경고 세 번이 되면 뒤에 나가 서 있기."

학급 회의를 하는 동안 나는 찬영이의 눈빛을 한 번도 보지 않았다. 아이들 입에서 자신에 대한 비난이 나올 때, 아이들 입에서 이렇게 벌주자는 말이 나올 때 찬영이가 어떤 마음으로 그 이야기를 들었는지 나는 전혀 관심이 없었다. 그저 아이들이 사실은 내 편이라는 생각에 마냥 기뻐하기만 했었다. 그 교실에 어른은, 선생님은 없었다. 그저 편 가르기에 바빴던 어린 아이만 있었다.

당당하게 해결책을 칠판 위쪽에 쓰고 강조하는 의미로 테두리도 둘렀다. 그제야 찬영이를 쳐다보았다. 처음이었다. 눈시울이 빨개진 찬영이의 모습은. 찬영이는 나의 시선을 느꼈는지 울 것 같던 얼굴을 금세 지우고 차갑게 노려보기만 했다.

아이들과 함께 학급 회의로 문제를 해결했다는 어리석은

착각은 통하지 않았다. 찬영이는 점점 더 내게서 멀어지고 차가워져만 갔다. 당연히 교실은 늘 나의 고함과 찬영이의 욕설과 농담들, 아이들 웃음소리로 가득했다.

밤이 되면 잠이 오지 않았다. 찬영이의 모습과 아이들의 웃음소리만 떠올리면 심장이 터질 듯이 뛰고 숨이 잘 쉬어지지 않았다. 학교에 가는 것이 두렵고 교단에 서는 것이 무섭기만 했다. 그러다 우연히 서울에서 학급 운영 공부 모임을 한다는 소식을 알게 되었다. 아이들을 만나는 게 두려워진 나를 어떻게 교직 경력 10년이 넘은 교사라고 볼 수 있을까. 처음부터 다시 시작하자는 마음이 들었다.

'그래 처음부터 다시 배워나가자.'

그렇게 나는 KTX에 올랐다.

새로운 1년 차가 되었다.

선택의 시간

임오선

"선생님이 한 것은 교육이 아니라, 학대예요!"

테이크아웃 커피를 들고 찾아온 그녀는 하고 싶은 말을 다한 뒤 마지막에 이렇게 내뱉었다. 얼굴이 벌겋게 달아올랐다. 표정 관리가 되지 않았다. 그녀는 들어왔을 때처럼 우아하게 교실을 나갔고, 이듬해 나는 휴직을 했다.

체육 수업 자료를 준비하는 사이, 무질서하게 노는 아이들을 본 것이 화근이었다. 아이들은 홀라후프를 던지며 뛰어다녔다. 홧김에 단체 벌을 주었다. 내가 초등학교 4학년 때 담임선생님이 우리에게 준 벌이었다. 이 일을 알게 된 학부모님들은 학교에 민원을 제기했다. 대표라며 찾아온 그녀는 위와 같이 말했고 아이들에게 사과를 요구했다.

나는 아이들 앞에서 공개 사과를 했다. 이후 상처는 오래갔다. 매일 감시를 당하는 기분이었고, 그때 들었던 원색적인 비난이 잊히지 않았다. 지친 몸과 마음을 돌보고자 육아를 핑계로 한 학기 휴직했지만, 문제의 근본 원인이 해결되지 않은 채 복직했다.

그 사이 학교 현장은 더욱 삭막해져 '아동학대, 고소, 교권 침해'와 같은 단어가 심심치 않게 들렸다. 일단 나를 지켜야 했다. '나의 모든 행위는 매뉴얼 안에서만 안전하다.' '우리는 일로 만난 사이일 뿐이다.'라고 되뇌며, 아이들과 필요 이상의 활동을 하지 않았다. 지도 근거를 기록하며 철저히 직업 교사로만 존재했다.

처음부터 이렇지는 않았다. 어렵게 교육대학교에 들어갔고, 좋은 교사가 되고 싶었다. 매일 12시간씩 공부하며 교육학책을 달달 외워 임용고시를 통과했다. 발령을 받고는 밤늦게까지 연수를 듣고 교사 모임에 나가 수업 기술을 배우고 익혔다. 그러나 정작 학교 현장에서 내게 필요했던 것은 지식과 기술이 아니었다. 반항적인 눈빛을 보내는 아이, 걸핏하면 우는 아이, 내게 가시 돋친 말을 하는 학부모들 사이에서 어쩔 줄 몰랐다. 선배 교사들의 노하우를 배우고 싶었지만, 그들이 하는 말은

다 달랐다. 나는 방황했고, 크고 작은 상처가 쌓이면서 교직은 내게 '자아실현'이 아닌 '돈벌이'의 수단으로 전락했다.

영혼 없이 학교에 다니는 날들이 이어졌다. 아무 일도 일어나지 않았지만, 또한 아무것도 느낄 수 없었다. 어느 날, 어떤 의문들이 꼬리에 꼬리를 물고 찾아왔다.

'나는 지금 행복한가?'
'지금 나는 성장하고 있나?'
'정말 내가 원하는 것이 이것인가?'

우연히 누군가의 추천으로 권영애 선생님의 책을 읽었다. '에너지 불일치'라는 단어가 눈에 띄었다. 마음에 콕 박혔다. 지금 내가 에너지 불일치 상태라는 것을 깨달았다.

"사랑 에너지와 사랑 행동 일치만이 인간의 영혼을 치유한다."

나를 사랑하고 싶었다. 내가 그토록 원했던 교사라는 직업을 사랑 에너지로 바라보고 싶었다. 교사가 되고 싶었던 첫 마음을 돌아보았다. 교사란 직업은 나에게 특별하다. 내가 정말 원하는 게 무엇인지 진지하게 고민하고 흔들림 없이 결정한 첫 경험이기 때문이다.

나는 교사가 되기 위해 삼수를 했다. 처음 진로를 정할 때는 빨리 독립하고 싶어서 취업과 기숙사가 보장되는 간호대를 선택했다. 그러나 2년을 버티지 못했다. 수술실 참관 수업에 들어갔다가 그대로 기숙사로 도망쳐 일주일 동안 나오지 않았다. 그해 전 과목을 낙제했고 미련 없이 자퇴를 신청했다.

오히려 다행이라고 생각한다. 내가 절대로 할 수 없는 일이 있다는 것을 깨달았으니까. 고등학교 때는 성적과 취업률만으로 쉽게 진로를 선택했다. 그러나 한 번의 실패 후에는 그럴 수 없었다. 그제야 비로소 내가 정말 원하는 것이 무엇인지 진지하게 고민하기 시작했다.

오랜 고민 속에서 불현듯 늘 웃는 모습으로 화단을 가꾸시던 할머니 선생님이 떠올랐다. 수업 시간에 자지 말라고, 교복 똑바로 입으라고, 항상 우리에게 무언가를 요구하고 종용하던 다른 선생님들과 달리, 그 선생님의 환한 웃음은 유독 좋은 기억으로 남아있다.

학창 시절의 나는 우울하고 암울했다. 어려운 가정형편과 억압적인 고등학교 시스템, 공부해야 한다는 당위성 속에서 답답함을 해소할 수 없었다. 하지만 어둡게만 저장된 그 시절에도 선생님에 대한 기억은 한 줄기 빛과 같은 느낌으로 남아있다. 어쩌면 나도 아이들의 마음속에 좋은 기억을 심어주는 어른이 될 수 있지 않을까? 아이들이 자라면서 마음이 힘들 때

꺼내 보면 위로가 될 수 있는…, 나처럼 단 한 명에게라도 말이
다.

그런 교사가 되고 싶었다.
첫 마음을 떠올리자 용기가 났다.
사랑 에너지로 교사 생활을 새롭게 시작할 용기가.

선생님 이전에 그냥 '나'

김찬경

나는 좋은 선생님이 꿈이었다. 수업도 잘하고, 아이들에게 친절하지만 단호하며, 아이들을 건강하게 성장시키는 선생님이 되고 싶었다. 대학 때 손도 안 대던 책을 읽고, 좋은 연수도 찾아 듣고, 공부 모임에 참여하며 열심히 배웠다. 배운 것을 교실에서 실천하니 아이들의 반응이 달라졌다. "오늘은 뭐 배워요?" 수업을 재미있어했고 학교에 오는 걸 즐거워했다. 그리고 특별한 선생님이라고 나를 좋아해 주었다.

하지만 매일 좋은 선생님이 되기는 쉽지 않은 일이었다. 왜냐하면, 나는 교사 이전에 자연인 김찬경이니까. 아무리 애를 써도 소위 선생님답지 않은 날 것의 내 모습이 드러나는 일이 종종 생겼다.

　새로 산 화이트보드를 설치하는데 일손이 필요해 아이들 몇 명에게 부탁했다. 아이들은 흔쾌히 남아주었고 끙끙대며 화이트보드를 함께 설치했다. 혼자 했으면 고된 일이었겠지만 아이들과 함께 웃고 떠드는 동안 시간이 금방 갔다. 생각보다 일을 빨리 마쳐 아이들과 같이 퇴근했다. 고마운 마음에 아이들을 집까지 데려다주겠다고 호언장담을 하고 차 앞에 갔는데 글쎄 아무리 찾아도 자동차 키가 보이질 않았다.

　"어, 차 키가 분명 여기 있었는데?"

　"헐, 샘 잘 찾아봐요."

　바지 주머니와 가방 속까지 탈탈 털어보았지만 키는 없었다. 아이들은 애꿎은 차 손잡이만 들었다 놨다 했다.

　"얘들아, 진짜 미안한데 아마 교실에는 있을 것 같거든? 한 번 같이 가서 찾아보자."

　"아, 빨리 갈 줄 알았는데 오히려 학원 늦겠네…"

　뻘쭘하고 민망했다. 혼자였다면 음악 하나 들으며 여유 있게 찾았을 텐데 졸지에 민폐를 끼친 상황이 되었다. 다행히 아이들은 투덜대면서도 이 상황을 즐겼다. 혹시나 하고 온 길을 다시 꼼꼼히 살피며 걸었다.

　"아 참 샘, 저번에는 폰도 잃어버리시더니, 완전 허당 선생님!"

"야, 교실에 가면 있을 거야, 그게 어디 가겠어."

하지만 교실에도 없었다. 2차로 당황스러움이 올라왔다. 약속을 못 지켜서 미안하다고 다음에 꼭 태워주겠다고 이야기하며 차로 돌아왔을 때 한 아이가 소리쳤다.

"와, 여기 있다!"

"진짜? 뻥 아니야?"

"진짜예요. 이거 봐요."

효주는 내 키를 번쩍 손에 들고 활짝 웃고 있었다. 키는 내차 바로 옆에 세워진 트럭 아래에서 발견됐다. 아침에 차에서 내리며 흘렸던 모양이다. 이렇게 가까이 있었다니 아이들과 나는 무슨 보물을 발견한 것처럼 함께 웃었다. 고마운 마음에 아이들에게 붕어빵 하나씩 사주고 헤어졌다. 다음 날 학교에 왔더니 교실이 왁자지껄했다. 어제 함께했던 아이들은 신이 나서 친구들에게 이야기를 풀었고 선생님의 허술함에 다 같이 웃었다.

아이들을 졸업시킨 후, 한 해 가장 기억에 남는 장면이 무엇이었냐는 동료 교사의 질문을 들었을 때 신기하게도 나는 그날 그 장면이 제일 먼저 떠올랐다. 훨씬 교사로서 훌륭하고 멋진 장면도 많았는데 왜 하필 그 순간이 내 가슴에 남았을까?

그때 머릿속에 스쳐 지나가는 생각 하나가 있었다.

'아, 나는 그때 선생님이 아니었구나. 그냥 나였구나.'

그랬다. 나를 도와준 아이들을 태워주겠다며 어른스럽게 아이들을 데려다주던 내가, 키를 잃어버리자 순식간에 당황했고 아이들에게 도움을 요청하는 입장이 되었다. 그때부터 교사 딱지 떼고 그냥 나와 아이들은 우연이 만들어준 모험을 즐긴 것 같다. 돌아보니 그런 순간이 더러 있었다.

"선생님, 태어날 아이 이름 뭐 지었어요?"

"음, 아직 못 지었는데 엄청 신중하게 고민 중이야."

"당근이 어때요? 김당근?"

"야, 사람 이름이 당근이 뭐냐? 샘 진지하다. 뭐 좋은 아이디어 없냐?"

수학 시간에 수업하다 '선생님 아이 이름 뭐 지었어요?'라는 이야기에 낚여서 아이들과 아이 이름을 함께 짓고, 아이를 기다리는 설렘을 나눴던 일, 자서전 쓰기 수업하다 아주 어릴 적 부모님의 이혼으로 힘들었던 일을 고백하고 아이들이 위로해 주었던 일.

'좋은'과 '선생님'이라는 아름답지만 다소 무거운 옷을 잠시 내려놓았던 순간들이다. 아이들은 잘 몰랐겠지만 그런 만남이 나를 조금씩 편안하게, 자유롭게 만들었다.

아이들이나 나나 선생님과 학생이라는 역할 옷 때문에 서로에 대해서 조금은 경계했던 것은 아닐까 하는 생각을 해본다. 그리고 바라본다. 학생이라는 역할 이 전에 그가 어떤 사람인지, 선생님 김찬경 말고 그냥 김찬경은 어떤 사람인지.

확실히 빈틈이 많지만 그 빈틈이 썩 나쁘진 않은 것 같다. 교직 10년 만에 힘을 빼도 괜찮다는 것을 알았다. 아니 어쩌면 힘을 빼는 게 더 좋을지도 몰랐겠다는 생각도 든다. 왠지 내년 3월 2일에는 조금은 어깨에 힘을 덜 준 채 교실에 들어갈 수 있을 것 같다.

내 정성이 상처로 돌아올 때

박영현

"우당탕탕! 쾅"

"야이 XX야. 네가 뭔데!"

수업이 끝나고 몇몇 아이들이 남아서 청소하는 중이었다. 교실 문이 부서질 듯이 열리며 씩씩거리는 지우가 들어왔다.

'또 시작이야. 이제 집에 가는 시간이니까 얼른 보내자' 하는 순간, 지우가 분을 참지 못해 발로 찬 책상은 나뒹굴었고, 조그마한 상대 아이는 덩치 큰 지우 앞에서 주춤주춤 뒷걸음질 쳤다. 정신이 번쩍 들었다.

나는 쏜살같이 달려가 둘 사이를 막아섰다. 지우는 매서운 눈빛을 하고 노려보더니 망설임 없이 내 어깨도 사정없이 밀어

버렸다. 휘청거리며 몇 발자국 뒤로 밀렸다. 지우는 나를 노려보더니 괴성을 지르며 문을 박차고 집으로 가 버렸다. 정신이 멍해졌다. 청소하던 아이들은 내 주위로 몰려왔다.

"선생님 괜찮으세요?"

"어… 어…, 그래 괜찮아…."

괜찮지 않았다. 아이들에게 못 보일 행동을 보인 듯했다. 지우의 노려보던 눈빛이 떠올랐다. 또 이런 상황이 생길까 봐 두려웠다. 돌려받으려고 준 마음은 아니지만 내 정성이 버려진 것 같아 가슴이 아렸다. 혼자 있고 싶었다. 서둘러 교실 밖으로 도망치듯 나왔다. 연구실에는 사람이 있었고 복도에도 아이들이 다녔다. 갈 곳이 없었다. 꼭대기 층 아이들이 없는 복도에 다다르자 참았던 감정이 껵껵대며 터져 나왔다.

'이렇게 무너지는 건가….'

마음을 꽉 채운 슬픔은 점점 더 부풀어 올랐다. 지우에게 쏟았던 정성이 눈물과 함께 펑 하고 터져버렸다. 1학기 동안 애쓴 시간이 무의미하게 느껴졌다.

지우는 무기력했고 수업에도 참여하지 않았다. 사소한 일에도 갑자기 폭발해 문제 속으로 온 몸을 던지기 일쑤였다. 평소는 온화하고 순하지만 화가 나면 헐크로 변해 상대를 가리지 않고 폭력을 썼다. 그런 이유로 몇 번이나 학폭에 연류될 뻔했다. 뒷수습은 담임인 나의 몫이 되었다.

싸운(일방적으로 당한) 친구와의 중재를 위해 자리를 마련하기도 여러 번이다. 그때마다 대화를 거부했다. 지우의 마음을 이해하고 싶었지만 다문 입은 열 기미를 보이지 않았다. '미안해' 한마디면 해결될 일에도 절대 그 말을 하지 않았다. 지우일로 아이들이나 부모님과 상담을 하다 보면 다른 일들은 뒤로 밀렸다. 그 일들을 처리하느라 퇴근 시간은 늘 늦었다.

게다가 수시로 화를 내며 교실을 뛰쳐나가는 지우를 찾아서 달래느라 혼이 빠졌다. 하루에도 두세 차례 교실을 나가 복도를 화난 상태로 돌아다닐 때는 불안한 마음이 들어 수업에 집중할 수가 없었다. 학교 안에서뿐 아니라 방과 후에도 크고 작은 분란을 만들어 가져오는 지우를 보는 게 지치기도 했다.

서러움의 눈물 속에 교사로 바로 서기 위해 노력했던 지난 10년도 떠올랐다. 잘해보려고 애써온 시간이었다. 처음에는 교과 지식을 쌓아야 한다고 생각해 대학원을 다녔다. 3시간을 운전해야 했지만 힘든 줄 모르고 기쁜 마음으로 다녔다. 어린 아이들을 시댁에 맡기고 어렵게 얻어낸 시간이었다. 열심히 공부했고 학위를 땄지만 내가 찾던 답은 아니었다. 지식도 필요하지만 아이들을 이해하는 것이 더 중요하다는 걸 어렴풋이 느꼈다.

'어떻게 하면 아이들을 이해하고 소통할 수 있을까?'

배우고 싶은 공부 모임이 서울에서 열렸다. 몇 년을 매달 대구에서 서울까지 KTX를 타고 올라갔다. 이후로도 여러 교사 동아리와 연구회 활동을 했다. 눈에 담기는 책은 모조리 사서 읽었고 당시 연수 시간은 매년 200시간을 넘겼다. 월급의 많은 부분을 배우는 데 썼다. 배우면 배울수록 배울 것들이 더 생기는 듯했다. 그러던 중 우연히 권영애 선생님이 교사학교를 열어 버츄프로젝트를 알려주신다는 소식을 들었다. 당장 교사학교에 지원했고 공부를 시작했다.

'이분은 사랑으로 아이를 대하는구나. 지식이나 방법을 말하기 이전에 본질을 다루는구나. 아이들과 진정으로 연결되는 길을 알려주시는구나. 나도 이런 선생님이 되고 싶다.'

권영애 선생님과 공부한 지 2년째 되던 해에 지우의 담임이 되었다. 그동안 배운 것을 실천하려고 노력하는 중이었다. 꽤 많은 것이 성공했다. '난 참 괜찮은 선생님이야.' '더는 흔들리지 않을 거야!'라는 착각에 빠졌던가 보다. 착각에서 벗어나라고 지우가 나에게 온 것 같았다. '그런데 이제 어떻게 해야 하지?'

다시 꼭대기 층 아이들이 없는 복도.

막막한 마음에 나도 모르게 권영애 선생님께 전화를 걸었다. 선생님은 울먹이는 내 말을 끝까지 들어주셨다.

"아무리 사랑을 보내도 지금 응답하지 않을 수 있어요. 상대의 반응에 기대지 마세요. 선택한 것을 정성을 다해 실천하면 됩니다. 함께하는 동안 정성으로 대하면 충분해요. 내 사랑을 의심하지 마세요. 나머지는 그 아이의 몫이에요. 사랑하는 과정에는 힘도 들어요. 선생님도 존중과 사랑이 필요해요."

선생님의 위로를 듣고 시간이 지나면서 마음이 가라앉으니 생각의 전환이 찾아왔다. 지치는 순간이 있음을 인정하고 인식하게 되었다. '에너지가 무한대로 나오는 게 아니니까. 나도 쉼이 필요할 때였구나.' 지금까지 노력한 것이 헛된 것이 아님을 잊고 있었다. 그 아이의 잘못도 내 잘못도 아니었다. 지금처럼 내가 할 수 있는 걸 하자! 그 아이를 사랑의 눈으로 바라보고 스스로 변화하길 긴 호흡으로 기다리자. 강점에 더 집중하자.

"지우는 천천히 하는 걸 좋아하는구나. 충분히 생각해보고 할 수 있을 때 도전하렴. 누구나 실수하는 거란다. 네가 준비될 때 말해줘."

그렇게 기다렸고 작은 것 하나라도 해내면 응원하고 함께 기뻐했다. 지금까지 하던 것처럼 따뜻하고 수용적인 학급 분위기를 만드는 데 노력했다. 사랑의 눈으로 바라보니 다시 보이는 것들이 많았다. 지우의 감정선이 매우 여리고 민감하단 걸 알게 되었다. 작은 무시나 부정적 경험을 참지 못하고 폭발하는 이유도 짐작하게 되었다. 좋을 때 배시시 웃는 모습이 눈에 들어왔다. 좋아하는 친구에게는 참아주고 도와주는 모습도 발견했다.

학년말이 되었다. 신기하게도 꽉 잠긴 무쇠 문이 스스로 빗

장을 풀었다. 열린 문틈으로 슬그머니 새어 나오는 말 한마디.

"미안해"

거짓말처럼 지우는 자신의 잘못을 인정하기 시작했다. 폭발하는 횟수가 눈에 띄게 줄었고 친구들과의 관계도 훨씬 좋아졌다. 꽉 잠겼던 마음 문이 살짝 열렸다. 또 닫힐 때도 있겠지만 더 자주 열릴 것을 믿는다. 그렇게 지우는 변화를 선택했다.

보이는 내가 전부는 아니다

송미숙

"어제 학교 왔어? 한 번도 못 봤는데 혹시 어제 학교 안 온 거 아니야?"

"선생님 너무 말이 없어서 남편한테 같은 학년 선생님 이상하다 그랬잖아."

"그렇게 우리 얘기 들으며 웃고만 있을 거면 관람료라도 내야 하는 거 아니야?"

내가 말이 없다는 이유로 여러 동료 교사에게 이런 말을 들었을 때, 당황스러웠고 분명 나에게 문제가 있다고 생각했다.

2012년 발령을 받고 첫 담임을 하던 해, 1학기에 별문제가 없었던 우리 반은 2학기에 새로 온 영어 선생님 말 한마디에 문제 있는 반이 되었다. 1학기 영어 선생님은 분명 우리 반이 발표를 잘하고 수업에 열심히 참여해서 좋다고 하셨는데, 2학기에 바뀐 영어 선생님은 수업이 끝날 때마다 우리 반에 문제가 있어 수업을 못 하겠다며 전화하셨다. 아이들은 똑같은데 갑자기 왜 이렇게 평가가 달라졌는지 이해할 수 없었다.

우리 반은 그렇지 않다고 말해도, 나보다 경력 있는 선생님이 그렇다면 그런 거라며 학년 부장 선생님도 우리 반을 문제 있는 반으로 취급하기 시작했다. 나를 학급 운영을 제대로 하지 못하는 무능한 교사로 보았고, 그 시선은 업무에까지 이어졌다. 교무부장님과 연구부장님은 교감 선생님이 하지 않아도 된다고 해서 넘겼던 공문을 두고 "선생님이 해야 한다고 생각하면 교감 선생님이 하지 말라고 해도 하겠다고 말씀드렸어야지"라고 말했다. 심지어 "학년 부장님이 일을 안 하면 선생님이 부장님한테 제대로 하라고 말해야지"라고도 했다.

나는 자꾸만 혼났다. 지금 생각하면 막 발령을 받은 교사가 해야 하는 공문과 안 해도 되는 공문을 어떻게 구분하고, 부장님께 제대로 일을 하라고 말할 수 있을까. 하지만 그때는 내 잘못인 줄 알고 반박도 못 하고 그냥 계속 듣고만 있었다. 그렇게 점점 학교에서 방어적이고 소극적인 태도로 바뀌었다. 원래도 말이 많은 편은 아닌데 자꾸 혼나다 보니 더욱 움츠러

들었다. 많은 사람 사이에 있으면 불편해서 혼자 있는 것이 편했다. 여럿이 있을 때는 나를 잘 아는 누군가가 함께 있어야 마음이 편했다.

그러다 보니 학교에서 동료들과 관계를 맺기가 쉽지 않았다. 그래도 작은 학교에 있을 때는 '사람이 적으니 나와 마음이 맞는 사람이 없는 거겠지' '다들 일이 많아서 바쁘니까' 이런저런 이유로 그럴 수 있다고 생각했다. 그런데 큰 학교로 옮기고 나서도 별반 다르지 않았다. 잘 지내보려 억지로 노력해 보기도 했지만 본 모습이 아닌 꾸며낸 모습은 금세 원래 모습으로 돌아왔다. 그런 나를 보고 동료 선생님들은 불편해했다.

어느 해, 새 학기가 시작되며 새로운 동료 선생님들을 만났다. 아침 시간, 점심시간, 쉬는 시간 늘 자주 모여 아주 친밀했던 이전 동료 선생님들과는 달랐다. 적당한 거리를 두며 수업이 끝난 뒤 학년연구실에 모였던 그해, 나는 선생님들과 지내는데 그다지 불편함을 느끼지 않았다. 사람들과 불편하지 않은 나를 보며 '내 문제가 해결되었나?'라는 생각을 하며 평범한 한 해를 보냈다.

그런데 그다음 해, 나를 불편하게 생각했던 선생님들과 다시 같은 학년이 되었다. 문제가 해결되었으니 잘 지낼 거라는 생각과 달리 다시 전처럼 불편함을 느꼈다.

'나는 작년이랑 올해랑 변한 게 없이 똑같은 것 같은데 뭐

가 달라져서 불편해진 걸까?'

그리고 깨달았다.

나는 그대로였다. 나는 똑같은데 나를 대하는 사람들이 달랐다. 어떤 사람들은 나를 평가하지만, 어떤 사람들은 나를 있는 그대로 봐주었다. 어떤 사람들은 단 하나로 전부를 평가하지만, 어떤 사람들은 단 하나로 전부를 평가하지 않았다. 사람들과의 관계에서 불편함이 있을 때 늘 나에게 문제가 있나 생각했었다. 그런데 문제는 나에게 있는 것이 아니라 나를 보는 사람들에게 달려있었다. 나를 문제가 있다고 보는 사람과 그렇지 않은 사람들이 있었을 뿐이다.

권영애 선생님의 『자존감, 효능감을 만드는 버츄프로젝트 수업』 책에 "1퍼센트 나에게서 99퍼센트 나를 인식하기"라는 글이 있다. 보이는 나는 1퍼센트에 불과하고, 나머지 99퍼센트에 보이지 않는 무궁무진한 내가 있다는 뜻이다. 그동안 나는 1퍼센트 겉모습의 나만 보고 판단하고 평가하는 사람들의 말을 듣고 그게 나라고 생각했다. 대부분 사람은 1퍼센트 밖에 안되는 겉모습만 보고 판단한다. 하지만 나는 사람들이 볼 수 없는 99퍼센트의 모습이 있다. 그러니까 겉모습만 보고 하는 말로 내가 흔들릴 필요가 없었다.

이렇게 생각하자 말 한마디에 쉽게 흔들리던 내 모습에 서서히 변화가 찾아왔다. 예전에는 누군가 나에 대해 한마디 하면 진짜 내가 그런 사람인 것 같았다. 아이들이 "재미없어요"라는 말을 하면 재미없는 교사가 된 것 같았고, "선생님은 무서워요"라고 하면 내가 무서운 교사가 된 것 같았다. 단 한 번으로 학부모들의 평가를 받는 공개수업이 원하는 대로 이루어지지 않으면 '내가 계획한 수업 활동이 적절하지 않았나?' '다른 주제로 수업할 걸 그랬나?'라고 생각하며 무능하고 실패한 교사가 된 기분으로 속상해했다.

하지만 재미없는 그 수업 전에 수많은 재미있는 수업을 했고, 계획대로 진행되지 않은 수업 전에 수많은 계획대로 이루어진 성공적인 수업을 했다. 계획대로 되지 않은 수업 하나가 나의 모든 수업을 대표할 수 없다. 나에게는 남들이 모르는 보이지 않는 수많은 시간이 있으므로 그걸 모르고 쉽게 하는 말 한마디에 흔들릴 필요가 없다는 것을 깨달았다.

우리 반 아이들도 그럴 것이다. 똑같은 아이들을 보며 어떤 선생님은 발표를 잘하고 적극적으로 수업에 참여한다고 말하고, 어떤 선생님은 아이들이 문제가 있다고 말했다. 내가 부정적으로 보았던 아이가 정말 나쁜 아이일까? 아이의 아주 작은 일부분만 보고 쉽게 판단해버린 것은 아니었나 하는 반성을 해본다. 아이들의 1퍼센트가 아닌 99퍼센트를 보는 교사가 되고 싶다. 그래서 평가하는 선생님이 아니라 지켜봐 주는 선생님, 아이의 한 가지 모습으로 전체를 평가하지 않는 그런 선생님이 되고 싶다.

나를 돌볼 시간

김지영

'아무리 그렇더라도 뭐가 이토록 힘들까. 천하의 김지영이 말이야.'

2001년에 발령받고 18년 동안 한 번도 슬럼프라는 것을 몰랐다. 오히려 매년 내 일이 점점 더 좋아졌다. 아이들을 위해 이벤트를 만들고 남들이 싫다는 일을 맡아 하는 것이 보람 있었다. 늦게까지 일하고 새벽같이 출근하는 것이 행복했다. 세상에서 이 직업을 가장 사랑하는 사람이 '나'라는 생각이 들 만큼 내 일이 좋았다. 그때까지는 몰랐다. 보람과 뿌듯함이 지나치면 자기 혹사가 될 수도 있다는 사실을 말이다.

직무연수 강사라는 것을 처음 해보았다. 그러다가 그것이 계기가 되어 1급 정교사 연수 강의도 했다. 장학자료집 집필진으로 참여하여 자료집도 내게 되었다. 다른 지역은 다 없어졌다는 장학수업도 교장 선생님의 부탁으로 준비해서 하게 되었다. 그리고 60명의 아이와 함께 리코더 대회를 준비했다. 이 중 리코더를 처음 접하는 아이들이 절반이 넘었다. 이 아이들에게 아침, 점심, 토요일, 수요일 방과 후 지도를 하며 불가능을 가능으로 만드는 모험을 했다. 이 모든 일이 한 해에 진행되었다.

그래도 그 시간들은 내게 벅찬 순간이었고 보람이었다. 그리고 나를 필요로 하는 것은 의미 있는 것이라고, 나는 정말 잘 살고 있는 것이라고 자부했다. 쉴 틈 없는 스케줄과 뿌듯함이 동일한 무게라고 생각했다. 힘들다는 생각보다 항상 해냈다는 성취감이 남았다.

그렇게 그 해를 보람차게 잘 마무리하고 이듬해 새롭게 서른두 명의 아이들을 만났다.

20명의 남학생, 12명의 여학생. 이 아이들을 다루는 것만으로도 벅찼다. 다른 선생님들은 이 아이들이 특별히 유난하다고 했다. 과밀에, 남녀 성비 차이도 크게 나고, 유튜브 1세대라서 산만한 데다 미디어 없이 집중도 잘 못했다. 유달리 싸움도 잦았다. 그중에서도 심한 아이들이 우리 반에 다 모였다고 하셨다.

종일 지치고 눈물이 났다. 작은 일에도 심장이 곧 멎을 것처럼 쿵쾅거렸고 한숨처럼 큰 숨을 반복해서 쉬어도 답답함이 풀리지 않았다. 부장 회의를 마치고 나면 나도 모르게 화가 나 온종일 그 화가 멈추지 않았다.

처음엔 그해 관리자가 바뀐 것 때문에 학교 적응에 다소 어려움이 있는 거라고 나를 애써 달래보기도 했다. 그러나 아무리 그렇다고 해도 왜 그토록 지쳐가는 것인지 알 수 없었다. 시간이 지날수록 스스로 '이 정도밖에 안 되나' 하는 자책감에 시달렸다. 처음으로 도움을 받고 싶다고 생각했다. 딱 하루만 학교를 쉬고 싶다는 생각이 간절했다. 그렇게 내 교직 인생 처음으로 하루 병가를 냈다. 그리고 고민 끝에 정신건강의학과를 찾았다. 처음 병원에 들어서서 병원 로비 안에 가득 찬 사람들을 보고 깜짝 놀랐다.

'아, 삶이 고달프고 힘든 사람들이 이렇게나 많구나.'

초진이라 몇 가지 검사를 끝내고 의사 선생님과 상담을 했다.

"어떻게 오셨죠?"

"너무 힘들어서요."

이 한마디를 꺼내 놓고는 펑펑 울면서 나의 이야기를 꺼내

놓았다. 검사 결과를 가지고 의사 선생님께서 말씀하셨다.

"배터리가 나갔다는 말 알죠? 한마디로 방전된 거예요. 종일 달리는 차는 탈이 나게 되어있어요. 신체 리듬, 밸런스가 다 깨진 거로 나오네요. 교감신경, 부교감신경 부조화가 심해서 약을 좀 써야 할 것 같아요."

내가 지금 아픈 거라는 의사 선생님의 말씀이 얼마나 큰 위로가 되었는지 모른다. 이만큼은 누구나 힘든 거지, 이런 것도 스스로 해결 못 하고 여기까지 왔냐고 비난할까 봐 위축되는 마음이 있었던 것 같다. 그런데 내가 아픈 게 맞았다. 나에게 번아웃이 온 것이다. 그다음에 드는 감정은 억울함이었다. 그동안 혹사당했다는 생각에, 철저하게 이용당했다는 생각에 한없이 억울했다. 그리고는 알게 되었다. 나를 돌봐줘야 하는 사람은 나였다는 것을. 즐거운 헌신이었지만, 분명한 자기 혹사이기도 했다. 고달팠던 순간들이 있었지만, 모른척했다. 뿌듯함에 도취된 자기 학대라 해도 할 말이 없었다.

'다른 사람들 돌보는 사이 나를 돌보는 것을 잊었구나.'

그렇게 내 생애 첫 휴식을 가졌다. 학교에 일주일의 병가를 냈다. 일주일의 쉼으로 모든 것을 원래대로 돌려놓을 수는 없었다. 하지만, 그것은 나에게 많은 깨달음을 주었다. 생각의 전환 등이 '반짝' 켜졌다. 휴식의 절실함을 알게 되었고 쉼을 통한 진정한 안식과 평안을 맛보았다.

그동안 쉼은 곧 정체이고 정체되는 것을 스스로 용납할 수 없다고 생각했다. 또, 뿌듯함을 느낄 수 있는 기회들이 박탈될까 봐 기회란 기회는 오는 대로 다 잡으려 했다. 사람들의 대단하다는 칭송, 나를 추켜 세워주는 달콤한 말, 그 박자에 맞춰 지치는 줄 모르고 춤을 췄다. 아픈 것은 죄가 아니었다. 부끄러운 일은 더더욱 아니었다. 우리 몸은 우리 몸의 보호자인 우리 자신에게 때때로 신호를 보내고 있었다. 난 이제야 비로소 그 소리를 들었다.

'내가 너무 늦게 알아줘서 미안해. 그동안 정말 애썼어. 그래. 조금 쉬었다 가자.'

나로 빛나는 이유

정은주

사람이 온다는 것은 실로 어마어마한 일이다.

— 정현종 '방문객'

"응애" 하얀 눈이 무릎까지 쌓인 날 엄마와 나는 분리되었다. 300일을 엄마와 호흡하고 엄마 안에 나로 있다가 인내와 사랑으로 세상을 만났다. 걷기도 힘든 쌓인 눈을 헤치고 엄마 품에 안겨 집으로 왔단다. 찬 듯 포근한 듯 눈에 싸여 그렇게 내가 되었다. _탄생

5학년 모두 잠든 새벽, 무엇에 홀린 듯 이불을 박차고 일어

나 가방을 둘러맨다. 주산학원 새벽반 고등학생 언니, 오빠들과 함께 주판을 튕겼다. 자연스레 1등으로 학교 정문을 들어섰다. 작은 여자아이가 겁도 없이 그랬다. 지켜보던 어머니의 걱정스러운 마음에 주산에 홀렸던 생활을 마무리하게 되었다. 그렇게 하고 싶은 것에 미친 듯 몰입해보았다. _몰입

선배들, 친구들과 함께 교회 학생회 행사를 의논하였다. 이전 사회자 중심 행사를 사회자 없이 스토리 중심 행사로 진행하자고 의견을 냈다. 우려의 의견도 있었지만 확고한 의지와 설득으로 전체 진행을 맡아 실행에 옮겼다. 모두 만족하는 마무리였다. 그렇게 성취감을 맛보았다. _성취

대학 시절 발표 준비물을 챙기며 반복 연습을 하였다. 한 명 두 명 발표를 들으며 머릿속의 발표 모습을, 그리고 입으로는 발표내용을 중얼거렸다. 발표순서가 되어 앞으로 나가려는데 교수님이 오늘 발표는 "여기까지!"란다. 앞서 발표한 시간이 길어져서 발표가 다음으로 미뤄진 것이다. 그 자리에서 울어버렸다. 오늘! 지금! 발표를 위해 준비한 애씀이 억울했다. 그렇게 좌절도 억울함도 맛보았다. _감정

유치원 실습 시절, 동화를 구연했다. 동화를 듣고 있는 아이들을 보는 순간 멈칫했다. 맑고 큰 눈망울들이 나를 바라봤

다. 두근거렸다. 쿵쾅거리는 심장을 달래며, 순수하고 맑은 아이들의 빛에 온몸과 마음이 떨렸던 순간이었다. 그렇게 유아교육이라는 한 우물을 파기로 마음먹었다. _방향성

가족과 떨어져 근무하고 있던 시절이다. 고1이 된 딸이 운다. 전화 너머로 울먹이는 목소리에 숨이 막히면서 하염없이 눈물이 흘렀다. 딸의 사춘기 시기에도 떨어져 지내다 보니 세심히 살피지 못했던 것이 터져버렸다. 누구에게도 말하지 못하고 견뎌왔을 딸에게 미안하고 가슴이 저렸다. 한달음에 집으로 달려가 철저히 딸의 편이 되어주었다. 그렇게 엄마가 되었다. _역할

장학사가 되었다. 모든 것이 낯설었다. 외로움에 소리 없이 몸부림쳤다. 겉으로는 덤덤한 척 미소 짓는 표정을 연습했다. 알지 못하는 세상에서 살기 위해서 그래야만 했다. 시간이 흘러 그 모습은 삶의 일부가 되었다. 그렇게 낯선 세상에서 일어서는 법을 배웠다. _독립

교육연구사 시절, 연수에서 권영애 선생님을 만났다. 권영애 선생님이 운영하는 버츄코칭리더 교사성장학교에 입학하고, 365일 일기도 쓰며 나를 마주했다. 마주할 때마다 찌릿찌릿 아팠다. 내가 아닌 남들의 내가 된 나를 보았다. 상처에 약 바르

고 돋아난 가시를 뽑아내며 나를 정돈했다. 자신을 알아가는 길이 여전히 두렵지만 그렇게 나를 향한 확신을 키웠다. _알아차림

  지금 교육 현장인 유치원으로 돌아왔다. 동료가 곁에 있다. 같은 곳을 바라보지만 다른 이상을 그릴지도 모른다. 그래도 좋다. 작은 것을 이야기하고 의논하고 고민할 동료가 있다는 것은 기쁨이고 축복이다. 다가올 다른 감정, 다른 세상, 다른 체험들이 있겠지만 그 또한 상상하며 내일을 그린다. _축복

  시인 정현종의 '방문객'을 좋아한다. "사람이 온다는 것은 실로 어마어마하다"라는 한 문장은 가슴을 벅차게 한다. 많은 만남, 다양한 인연, 주어졌던 다른 시공간들, 별똥별처럼 쏟아졌던 말들, 그 모든 것이 어마어마한 내가 된다는 것! 이런 나를 인정하고 안는 순간 눈가가 촉촉해지며 가슴 따뜻해진다. 그렇기에 내가 빛나는 이유 그건 바로 나이기 때문이다.

말하지 않는 아이

송윤희

"안녕, 어서 와."

3월 아침. 당연하게 돌아올 아이의 인사를 기다리며 인사를 건넸다. 하지만 윤지는 큰 눈으로 나를 바라보기만 했다. 예상 치 못한 반응에 '뭐지?' 하고 의아함이 올라왔다. 흔들던 손이 어색해서 아이의 머리를 쓰다듬자 아무 반응 없이 '스윽' 제자 리로 가버렸다. 수줍음이 많은 아이라고 생각했다. 그런데 그 후로도 아이는 말을 거의 안 했다. 연필 빌려달라고 두어 번 말 한 게 전부였다.

'기다려 주자.'

3~4월에 반 아이들과 일대일로 하교 나들이를 했다. 나들이

내내 재잘대던 다른 아이들과 다르게 윤지는 시종일관 내 뒤에 숨고 말도 하지 않았다. 나는 그러려니 했다. 줄넘기나 놀이에 참여하지 않아도 나무라거나 재촉하지 않았다.

그런데 4월 한글 테스트 후, 윤지를 따로 지도하려고 할 때부터 말을 하지 않는 것이 문제가 되었다. 윤지는 간신히 한두 글자 읽다가도 틀리게 읽은 부분을 짚어주면 입을 꼭 다물었다. 어르고 달래며 2주 정도 지도하다가 결국 포기했다. 그런데 윤지는 한글만 멈춘 게 아니라 점점 다른 활동도 참여하지 않았다. 나는 윤지와 말을 하고 싶었다. 아이 손을 잡고 토마토 텃밭을 산책하기도 하고 빈 교실에 들어가서 여러 차례 대화를 시도하기도 했다. 하지만 윤지는 계속 입을 열지 않았다. 아니, 점점 더 심해졌다.

"선생님 없을 때는 말 잘해요."

사실 윤지가 입을 꼭 닫은 대상은 '나' 뿐이었다. 윤지는 반 친구들에게는 말을 잘했다. 몇몇 여자 친구들과 이야기 나누고 종이를 접거나 같이 산책을 다녀오기도 했다. 그런데 내겐 이야기하지 않고 수업 참여도 점점 더 거부하니 답답하고 미칠 노릇이었다. 혹시 도와줄 사람이 없을까 고민하다가 외국인이라 대화가 쉽지 않은 윤지 어머님 대신 윤지 아버님께 전화했다.

"선생님이 무서운가 봐요. 집에선 말 잘하는데."

돌아온 대답에 순간 '울컥'하고 억울함이 몰려왔다. 가슴도 마구 떨려왔다.

'내가 얼마나 애를 썼는데 어떻게 저렇게 이야기하시지?'

괜히 의논드렸나 후회했다. 게다가 얼마 후 학교 방문을 오신 윤지 아버님이 윤지에게 말하라며 윽박지르시는 게 아닌가? 윤지는 이를 거부하다 눈물까지 글썽였다. 그 뒤로 윤지 부모님과 의논하는 것도 포기했다.

'그래, 네 마음대로 해라.'

포기하긴 했지만, 시간이 흐를수록 가만히 앉아만 있는 아이가 보기 싫었다. 하지만 윤지를 싫어하는 내가 더 싫었다.

'뭐 하는 거야. 유치하게. 1학년한테!'

나는 나 자신을 그만 괴롭히고 싶었다. 그래서 권영애 선생님께 문자로 도움 요청을 했다. 꽃 샘은 바로 연락을 주셨다.

"나는 선생님 이야기 듣자마자 선생님부터 보호해야겠다고 생각했어요. 나 같아도 미울 것 같아. 선생님은 왜 윤지가 미울까? 그건 우리 송윤희 선생님이 윤지를 사랑하니까 미운 거예요. 나는 잘해주고 싶고, 뭔가 변화시키고 싶고, 도와주고 싶은데 아이가 손을 안 잡는 느낌이 드니까 미운 거거든요. 그건 사실 미움이 아니라 사랑이거든. 애를 사랑하니까 섭섭한 마음이 드는 거예요."

누구도 내게 그렇게 말해주지 않았다. 오히려 동료 교사가 윤지 아버님과 비슷한 반응을 보여 상처받기도 했다. 나는 꽃 샘의 이야기에 안심했고 용기를 얻었다. 윤지를 미워하지 않으려고 마음을 싸맸는데 꽃 샘은 그것이 사랑이라고 했다. 있는 힘껏 눌렀던 마음을 활짝 열었다. 꽃 샘은 내게 현실적인 조언도 아끼지 않았다. 나는 윤지의 눈높이에 맞춰 시간을 갖고 조심스럽게 다가가기로 했다.

심부름을 좋아하는 윤지에게 공책을 나눠주라고 부탁하면 모두 끝낸 뒤에 윤지는 내 뒤에서 한참 서성거렸다. 수업 시간에 일부러 "글씨 잘 쓴다" "색칠 이쁘게 했다"라고 이야기했을 때도 윤지는 내 뒤에 서 있었다. 나는 고개 돌리지 않고 살짝 이름만 부르며 아는 척했다. 일주일에 한 번 운동장 산책하러 나가는 날, 윤지가 내 허리를 잡고 붙어 있어도 말을 시키지 않고 그대로 두었다.

11월의 어느 날, 바른 글씨 쓰는 시간에 윤지 곁을 지날 때, 마음속에 뭔가 뭉클한 게 올라왔다. 작은 손에 힘을 잔뜩 주고 또박또박 글씨를 쓰는 아이가 대견하고 있는 그대로 사랑스러웠다.

'1학년 끝날 때까지 네 목소리는 듣지 못하겠지만 이렇게라도 너를 사랑할 수 있어 다행이다.'

그런데, 12월 3일에 전혀 예상치 못한 일이 일어났다. 방과 후, 집에 안 가고 남아있는 아이와 종이접기를 하고 있는데 윤지가 갑자기 내게 말을 걸어왔다. 종이접기 책을 빼앗듯 가져가 획 넘기더니 한쪽을 가리키며 외쳤다.

"접어줘!"

"접어줘. 접어줘. 접어줘. 접어줘."

윤지는 랩 하듯이 같은 말을 내뱉으며 내 팔을 마구 흔들어댔다.

"어어어어, 알았어, 접어줄게."

'윤지가 왜 갑자기 내게 말을 하지?'

정신없이 대답하면서 마음속엔 느낌표와 물음표가 가득 찼다. 윤지 것을 접어주고, 다른 아이 종이접기를 도와주려는데 또다시 윤지가 소릴 질러댔다.

"호박 접어줘. 산타 접어줘. 여우 접어줘. 접어줘⋯어! 접어줘⋯어! 접어달라고!!"

마침 다른 아이는 돌봄교실 간다고 해서 겉으로는 여유 있게 종이를 접었지만, 속으로는 여전히 대혼란에 빠졌다. 그러다 다섯 개 정도를 접었을 때, 비로소 안정을 찾았다. 윤지가 내게 말을 한다. 오늘은 무슨 말을 해도 윤지의 대답을 들을 수 있겠다는 확신이 들었다. 나는 대화의 주도권을 슬쩍 가져왔다.

"윤지야, 선생님 청소해야 하는데 같이 할래?"

"싫어. 백 개 접어. 천 개 접어."

청소 후 접어준다고 하고 빗자루를 들었다. 윤지는 이번에는 '접어줘' 대신 '업어줘'를 외치며 허리에 매달렸다. 나는 아이를 허리에 매단 채로 빗질을 했다. 윤지는 뭐 하자고 하면 계속 '싫어'를 외치면서도 내게서 떨어지지 않았고 묻는 말마다 청개구리처럼 반대로 대답했다. 그리고 말과 다르게 뒷정리를 도와주었다. 그렇게 윤지랑 함께 시간을 보내다 보니 5시가 넘었다.

겨울이라 금방 어두워지는데도 윤지는 갈 기미가 없었고 말은 끊이지 않았다. 4시간 동안 함께 있다 보니 일 년간 못 들은 윤지 목소리를 하루 만에 모두 들은 기분이었다. 결국, 밀린 일은 하지 못하고 윤지랑 같이 밖으로 나왔다. 어둑어둑해져서 데려다주고 싶었지만 역시나 '싫어'라고 말하길래 무심한 듯 돌아섰다.

"그럼 잘 가. 안녕."

윤지는 끝까지 인사를 받지 않았다. 하지만 헤어진 후에도 우리는 가끔 서로를 돌아보았다. 월요일이 되자 윤지는 평소대로 돌아갔다. 그리고 1학년 끝날 때까지 다시 그런 날은 오지 않았다. 하지만 분명히 그날은 윤지가 내게 준 '선물'이었다.

에너지는 두 개의 얼굴을 가졌다

내게 힘을 주는 통로

김지영

나는 아들을 원하는 종갓집 장손 집안에 둘째 딸로 태어났다. 언니는 딸이긴 해도 양가에서 첫손이었기에 무척 사랑받았던 것 같다. 남동생은 장손이었으니 말할 것이 없었다. 게다가 둘은 나와는 기질적으로 다른 외향형이었다. 밝고 활달한 성격에 애교도 많았고 사람들과도 쉽게 어울렸다. 반면, 내향형이었던 나는 늘 적응이 힘들었다. 많은 사람 속에 있는 것이 맞지 않는 옷을 입은 것처럼 불편했고 때론 무서웠다. 내가 지켜본 언니와 남동생의 똑똑하고 자신감 넘치는 모습은 한편으로 부럽고 자랑스러우면서도 그 존재감에 때로는 기가 죽었다. 사람들은 동생이 하는 말에 까르르 잘 웃었고 언니가 하는 말을 신뢰했다.

나는 의사 표현에 서툴렀고 늘 조용했으며 공부도 그냥 어중간했다. 다르다는 생각보다 모든 면에서 모자라게 느껴졌다. 그때는 내향적인 것이 뭔가 단점으로 여겨졌던 시대였던 것 같다.

"언니 하는 것처럼 해봐."

"동생도 이렇게 하는데."

비교는 더 잘할 수 있도록 하기 위한 교육 방식이었겠지만 그럴수록 자신감이 떨어졌다. 난 이미 나의 부족함을 너무나 잘 알고 있었는데 말이다. 엄마는 나를 외향적으로 바꾸려고 적잖이 애쓰셨다. 많이 혼나고 지적받았다. 내향적인 기질의 장점을 격려하거나 알아주지 못했다.

내향형의 기질을 가진 나는 사유하는 것을 좋아했다. 그러면서 언제부터인가 글을 쓰기 시작했다. 글 쓰는 것이 좋았다. 말보다 글이 편했다. 말로 표현하지 못하는 것을 글로 표현하게 되었고 그것은 곧 나의 숨구멍이 되었다. 사랑받고 싶고 인정받고 싶었던 마음을, 존재에 대한 갈망을, 미처 말로 표현하지 못했던 억울하고 답답한 마음을 글로 풀게 되었다. 썩 뛰어난 글솜씨가 있었던 것은 아니었지만, 글을 통해 나 자신 앞에서만큼은 솔직할 수 있었다. 그리고 자유를 느꼈다.

대학교 때, 부모님을 떠나 독립해서 살게 되었다. 나는 이전과 조금 달라졌다. 내 안에 다른 '나'가 발동했던 것일까. 사람 사귀는 즐거움을 알게 되었고 다양한 경험이나 모험이 신났다. 리더십을 발휘할 수 있는 역할들이 좋았다. 사회적인 인정을 받게 되고 활동 범위와 역량을 넓히게 되면서 자연스럽게 낯선 사람들을 만나는 것도 좋아졌다. 사유하는 것을 좋아했던 나는 책을 읽고, 또 깨달은 것을 글로 쓰면서 '나'를 찾는 시간을 가졌다. 적극적으로 관계를 맺고 소통하는 기쁨을 알게 되었다. 관계란 것이 불편하기만 한 것이 아니라 때론 나의 삶이 풍요로워질 수 있다는 것을 깊이 체득했다. 수동적이 아닌 주도적인 관계를 맺음으로써 자신감도 생겼다.

어린 시절엔 다소 부끄럽고 창피했던 내가 있었다. 물론 지금도 여러 사람 앞에 서는 것이 불편하고 어색하고 도망가고 싶을 때도 있다. 부족한 면이 드러나면 숨고 싶기도 하다. 그럼에도 불구하고 나에게 다시 힘을 줄 수 있는 통로가 있다. 그것이 글쓰기이다. 내 앞에서 솔직할 수 있고 솔직함이 시원함이 되는, 또 그것이 나에 대한 격려와 사랑으로 이어지는 글쓰기가 좋다. 그런 나는 아이들에게 글쓰기를 가르친다.

6학년 담임을 했을 때였다. 한 아이가 자신의 이야기를 일기장 3장에 걸쳐 길고 빼곡히 적어 낸 적이 있다. 진솔한 그 아이만의 이야기가 큰 울림이 되었다. 음악 시간 가창 시험을 앞두고 이전에 가창 시험에서 받았던 상처들을 풀어낸 글이었다. 가창 시험을 앞두고 그때 일이 떠올라 걱정되고 염려되는 마음들이 고스란히 적혀있었다. 허락을 받고 반 친구들 앞에서 그 글을 읽어주었다. 반 아이들의 열화와 같은 격려가 쏟아졌다. 아이는 그날, 전에 가창 시험에서 받았던 상처들을 눈 녹듯 녹여내었다. 아이에게 글은 용기였고 자신에 대한 표현이었고 치유였다.

어린 시절 내향적인 나는 글쓰기를 만나고 글쓰기를 통해 자유와 치유를 경험했다. 진정한 나를 만나는 경험을 했다. 그리고 지금은 또 다른 어린 시절의 내 모습을 가진 아이들에게 글쓰기를 가르친다. 우리 아이들에게도 글쓰기가 자유와 해방이 되길 바라면서.

아이들은 글쓰기를 통해 자신이 몰랐던 내면의 힘을 만나 용기를 얻고 자신도 모르는 치유를 경험하게 된다. 아이들의 용기는 자신만 일으키는 것이 아니라 서로를 일으킨다. 그 과정이 내게도 큰 보람과 힘이 된다. 우리는 글이라는 매개체를 가지고 이렇게 서로 연결된다.

빨간 콩 이야기

임오선

학교에는 이미 아이에 대한 소문이 파다했다. 아이는 이전 학교에서 학교폭력 자치위원회의 결정으로 전학을 가야 했다. 학교에 과도를 들고 왔기 때문이다. 이를 본 담임 교사가 경찰에 신고했고, 이 사건은 가정법원까지 가게 되었다. 전학을 가려 해도 받아주는 학교가 없어 한 달을 전전하다 지역 교육청을 건너 우리 학교까지 왔다. 그러나 온 지 이틀 만에 교실에서 의자를 던져 담임 교사가 아이를 거부했다. 그리하여 두 달남은 4학년의 시간을 도서관에서 보냈다. 그리고 새 학년, 나의 황금손이 아이가 있는 반을 뽑았다.

교육청에서도 유명한 아이를 맡는 것이 두려웠으나, '두려움 대신 사랑, 두려움 대신 사랑'이라고 매일 되뇌며 학교에 갔다. 아이는 5학년 첫날도 도서관에서 보냈고 2주가 지난 후에야 교실에 들어왔다. 무성한 소문과 험악한 이야기와 달리 나는 아이가 첫눈에 마음에 들었다. 씩씩하고 똘똘하며 열정적이었다. 함께 준비물을 챙기러 도서관에 가며 말을 건넸다.

"모든 사람의 마음에는 미덕의 정원이 있대. 너에게도 있어."

"전 그딴 거 없어요."

"선생님은 너에게서 열정의 미덕을 봤는데?"

"그게 너무 커서 모든 걸 태워버렸어요."

나는 이 대화를 잊지 못한다. 아이는 알고 있었다. 남들과는 다른 자신의 상태를. 그때부터 이 아이를 빨간 콩이라 불렀다. '빨간 열정의 미덕을 심어서 가꾸면 분명 너의 마음속 정원에 다른 미덕들이 싹 틔울 거야.'

그러나 콩이는 나사 하나가 빠진 것처럼 본인의 핀트와 어긋날 때마다 폭주했다. 욕과 성적인 말을 일삼았고 툭하면 112에 전화를 하는 등 상식을 벗어난 행동을 했다. 활발한 성격 덕에 새 친구들을 금세 사귀었지만 조금이라도 마음에 들지 않으면 돌변했다.

결국, 일이 터졌다. 자신을 놀이에 끼워주지 않는다고 친구의 목을 잡고 교탁이 넘어질 때까지 민 것이다. 다행히 다음이 교과 전담 시간이라 나머지 아이들은 교과실에 보내고 콩이와 둘만 남았다. 콩이는 씩씩거리며 화를 가라앉히지 못했다.

나는 아이에게 소리를 지를 수도, 싸늘한 시선을 보낼 수도, 교무실에 끌고 갈 수도 있었다. 교감 선생님은 '또 학교폭력을 일으키면 전학을 가겠다'라는 내용의 각서를 받았다며 문제가 생기면 바로 교무실에 내려오라고 했었다. 하지만 나는 콩이에게 '두려움 대신 사랑'을 전하고 싶었다. 아이를 꼭 안고 진정이 될 때까지 "괜찮아"라는 말을 되풀이했다. 에너지 전환의 순간이었다.

갑자기 콩이가 울기 시작했다. 그리고 속사포처럼 내뱉었다.

"외삼촌이 사업을 하다 빚을 졌어요. 그게 우리 집으로 넘어왔어요. 그거 때문에 엄마, 아빠가 맨날 싸워요. 저 3학년 때 엄마가 집에서 쫓아내서 파출소 간 적 있어요. 경찰이 우리 집에 찾아왔는데, 그때부터 엄마가 저 미워하고 막말해요. 이 학교 오려면 버스 타야 하는데 버스비도 없어요."

가난, 부모의 불화, 방임, 버스 타고 통학하는 상황까지, 이 모든 것을 홀로 감당하는 아이가 안타까워 나도 눈물이 났다. 우는 아이의 등을 토닥이며 말했다.

"괜찮아, 네 잘못이 아니야. 고마워, 다 이야기해 줘서."

다음 시간, 나는 콩이를 내보내고 학급 아이들 앞에서 울면서 이야기했다.

"콩이는 지금 벼랑 끝에 서 있어. 누구에게나 고통의 총량이 있는데 콩이는 그게 빨리 왔어. 우리 조금만, 조금만 더 이해해주자. 우리 반에서 보듬어 주자."

콩이는 달라지려고 노력하는 모습을 보였다. 적어도 내 앞에서는 그랬다.

"선생님, 제가 그래도 숙제는 해와요."

"선생님, 이제 교실에서 욕은 안 하잖아요."

수업 시간에도 거칠 것 없이 굴던 콩이는 본인의 방식으로 내게 호감과 호의를 표했다. 나 역시 방과 후에 따로 시간을 내어 함께 서점에 가거나 맛있는 것을 먹는 등, 아이를 위해 노력했다. 그러나 얼마 지나지 않아 콩이는 다시 어긋났다. 친구들과 조그마한 갈등도 그냥 넘어가지 않았고 하교 후 다른 반 아이와 싸웠다. 수업 중 화장실에 들어가 두 시간 동안 나오지 않기도 했으며, 조금만 수가 틀리면 가방을 싸서 집에 갔다. 하루, 이틀, 학교에 나오지 않은 날짜가 늘어갔다.

등교 거부까지 하는 콩이를 더는 공립학교가 보듬을 수 없다고 판단했다. 위탁학교, 대안학교 등 닥치는 대로 알아보았으나 어느 곳도 '학교폭력 위험이 있는 아이'를 받아주지 않았다. 그때 가정법원과 연계된 상담사에게 연락이 왔다. 콩이에게는 '입원 치료'가 필요하다고 했다. 결국, 청소년 정신건강센터에 입원했다가, 할머니, 할아버지와 살기 위해 전학을 갔다. 그렇게 콩이는 떠났다. 원하던 결말이 아니어서인지, 그 아이를 떠올리면 지금도 마음이 편치 않다.

그러나 콩이와의 만남이 내 교직 생활의 전환점이 되었다. 비록 아이를 변화시키지는 못했지만 아이의 말과 행동에 상처받지 않았다. 짧은 순간이라도 마음을 주고받았다. 이후 나는 어떤 아이도 두려움으로 대하지 않을 수 있었다. 힘든 아이는 그저 사랑의 온기가 더 필요한 아이일 뿐이다.

엄마 없는 아이

박나현

쌀쌀하고 흐린 2월의 아침이었다. 오빠와 단둘이 집에 있는데 할머니께서 연락도 없이 집에 오셨다.

"어서 옷 입어라. 엄마 만나러 가자."

엄마는 서울에 있다고, 그러니까 전철을 타고 간다고 했다.

'왜 엄마가 안 오고 우리가 가지?'

이상하다는 생각이 들었지만, 곧 잊어버렸다. 그때 나는 열 살이었다.

전철 창밖으로 나무들이 휙휙 지나갔다. 그걸 보는 재미에 서 있어도 힘들지 않았다. 주머니에 있던 껌을 꺼내서 입에 하나 넣고, 옆에 있는 오빠에게도 주었다. 할머니께도 내밀었는데 싫다고 하셨다. 하나 남은 껌을 도로 주머니에 넣으면서 "이건 엄마 줘야지~." 했다. 할머니께서 돌아서서 눈물을 훔치시는 것 같았다.

전철에서 내려 얼마쯤 걸어서 도착한 곳은 큰 병원이었다.

'왜 병원에 왔지? 엄마가 어디 아픈가?'

병원 앞에 아빠가 계셨다. 아빠를 따라 병원으로 들어가서 계단을 내려갔다. 복도를 한참 걸어가자 커다란 문이 나왔다. 할머니께서 아빠에게 뭐라고 말씀하셨는데, 소리가 작아서 들리지 않았다. 아빠가 대답하는 소리만 들렸다.

"애들도 봐야지. 마지막인데."

아빠를 따라 문 안쪽으로 들어서자 공기가 서늘했다. 쇠로 된 침대가 보였고, 그 위에 무언가가 흰 천으로 덮여 있었다. 아빠는 우리를 그 앞으로 데려갔다. 그리고 무거운 목소리로 "엄마야" 하셨다. 나는 그게 무슨 말인지 몰랐다.

아빠가 흰 천을 천천히 들치어 올리자 거기에 엄마가 있었다. 너무나 익숙한 얼굴이었지만, 조금도 엄마 같지 않았다. 표정이 없는 창백한 얼굴, 검게 색이 변한 입술. 잠든 게 아니라는 걸 한눈에 알 수 있었다. 나는 아빠 뒤에 숨었다.

"무서워."

"뭐가 무서워. 엄만데."

오빠와 나는 다시 병원 밖으로 나왔다. 밖에 계시던 고모부가 우리를 슈퍼로 데려가서 커다란 초콜릿을 사 주셨다. 초콜릿을 손에 들고 '이렇게 큰 초콜릿은 처음 봐.'라고 생각했던 기억이 난다. 장례식에 참석한 기억은 나지 않고, 며칠 뒤에 운구차를 타고 가서 엄마의 관이 땅에 묻히는 것을 본 것만 어렴풋이 생각난다.

　그날 이후 할머니가 집에 오셨고, 몇 년 뒤에는 새어머니도 오셨다. 하지만 이제 내 엄마는 없었다. "짝꿍은 어떤 아이니?" 라고 물어봐 주는 사람이 없고, 시험을 잘 봐도 "100점이네!"라고 기뻐해 주는 사람이 없다. 넘어져서 무릎에서 피가 나도 그뿐, 엄마 없는 아이에게 작은 상처쯤은 아무것도 아니었다.

　친구들이 어릴 적 이야기를 하면 대화에 끼지 않았다. 내 어릴 적 이야기에는 지금의 엄마와는 전혀 다른, 다정하고 상냥한 엄마가 나오기 때문이다. 엄마 이야기를 다시 한 건 중학생 때 단짝이 된 친구에게 쪽지에 적어 보낸 게 처음이었다.

　"사실은 나, 엄마가 돌아가셨어. 지금 같이 사는 엄마는 새엄마야."

　어느 날 집에 돌아오니 새엄마가 잔뜩 화가 나 있었다. 그 친구와 주고받은 편지를 본 것이다. 장롱 위의 상자 안에 넣어둔 편지를 새엄마가 꺼내서 읽었다는 걸 이해할 수 없었다. 그런데 새엄마는 내 편지를 읽기만 한 게 아니라 어릴 적부터 편지를 모아 온 상자를 아예 내다 버린 후였다. 그 애에게 받은 편지는 나에겐 보물이었는데, 좋아하는 남자애에게 받은 카드도 거기 있었는데….

새엄마가 나쁜 분은 아니었다. 예쁜 옷을 사주셨고, 입맛에 맞는 반찬도 해주셨다. 그렇지만 나는 새엄마를 좋아할 수 없었다. 초경을 한 날, 피가 묻은 내 속옷을 아빠에게 가져가 보여주는 새엄마가 싫었다. 책 살 돈을 자기가 아닌 아빠에게서 받아 갔다고 새로 산 책을 갈기갈기 찢어 방바닥에 흩어놓는 새엄마가 무서웠다.

고등학교에 입학할 무렵 오빠와 나는 할머니와 집을 얻어서 따로 살게 되었다. 할머니는 까다로운 분이었다. 내가 하는 행동이 어설프고 덜렁거린다고 나를 못마땅해하셨다. 아무리 애를 써도 할머니의 눈에 들 수 없었다. 할머니는 자주 "네가 그럼 그렇지."라며 혀를 차셨다. "나를 식모로 알고 말이야, 못된 년!" 하시면 너무 놀라 눈물이 났지만, 겉으로는 아무렇지 않은 척을 해야 했다. 안 그러면 저거 보라고, 듣기 싫어서 저렇게 입을 삐죽거린다고 하실 테니까.

"어미가 되어서 어떻게 자식 앞에 죽을 수가 있나…."

할머니께서 돌아가신 엄마 이야기를 하시면, 굳이 소리 내어 말씀하시는 게 야속했다.

"너는 팔을 흔들면서 걷는 것까지 너희 엄마랑 어쩜 그리 똑같냐."

할머니께서 내게 "엄마랑 똑같다." 하시면, 일찍 죽어 당신

아들을 홀아비로 만든 며느리에 대한 원망이 나를 향하는 것 같아서 어깨가 움츠러들었다. 지금은 옆에 있지도 않은 엄마인데, 엄마 딸이라서 엄마를 닮은 것뿐인데….

엄마가 없어도 아이는 자라듯, 나도 어른이 되고 엄마가 되었다. 하지만 엄마가 되어도 나는 여전히 내 엄마가 그리웠다. 몸을 뒤트는 진통을 겪고 첫 아이를 낳았을 때는 내 젖을 물고 나를 올려다보는 작은 아가를 엄마에게 보여주고 싶었다. 젖을 떼려고 아이를 업고 쩔쩔매던 밤에는 '음마아…!!'라며 쉬지 않고 우는 아이의 울음소리에 나도 엄마를 부르면서 울고 싶었다. 하지만 엄마가 보고 싶고 엄마를 부르고 싶은 모든 순간에, 나는 엄마가 없었다.

세상에 없는 엄마를 찾을 때, 마치 어딘가에 있는 사람을 찾는 것처럼 그 마음이 끈질길 때, 나는 애써 숨을 고르고 나에게 말해준다.

'엄마는 없어. 진작에, 없다고….'

그러고 나면 기다린 듯 눈물이 올라온다.

"나현아, 엄마라고 해서 다 자식 마음을 알아주는 건 아니야."

여전히 단짝인 내 친구의 말이다. 나도 안다. 지금껏 엄마와 함께 살아왔다면 내게도 엄마는 그저 엄마일 뿐 이렇듯 절절하지 않았으리라. 하지만 이제는 얼굴도 가물거리는 엄마가 나는 너무나 그립다. 딱 한 번만, 꿈에라도 엄마를 볼 수 있으면 좋겠다. 엄마는 저만치에 있고 나는 이만치 떨어져서, 그저 볼 수만 있어도 좋겠다.

엄마 없는 아이들 곁으로

박나현

내 아이를 떠나서

서른일곱 늦은 나이에 셋째를 낳은 나는 처음으로 장기 휴직을 신청했다. 노산으로 몸이 지치기도 했지만, 아이가 셋이 된 것도 시어머님의 도움 없이 아기를 기르는 것도 처음이라서 적응할 시간이 필요했다. 작게 태어난 셋째는 예민한 딸아이였다. 언제나 내 품에만 안겨 있으려 했고, 남편에게도 가지 않았다.

막내를 안고 처음 교회에 간 날, 탈북민과 그 자녀들의 삶에 대해 듣게 되었다. 그들의 아픔이 그대로 마음에 들어왔다.

얼마 후 대학원 지도교수님의 전화를 받았다.

"탈북학생을 위한 국어과 보충 교재를 만들려고 해요. 함께 할 수 있어요?"

막내를 돌보면서 할 수 있을지 걱정이 되었지만, "해보겠습니다."라고 대답했다. 탈북학생을 위한 국어 교재이니 그들의 언어부터 알아보려 애썼다. 하지만 북한이나 중국에서 온 탈북학생의 언어 특성이나 언어 적응 과정을 제대로 보여주는 자료는 찾기 힘들었다. 답답하고 아쉬운 마음으로 교재 개발을 마칠 즈음, 교수님께서 "탈북학생의 언어를 연구해 보면 어때요?"라고 운을 떼셨다. 휴직 중이니 오후에 탈북학생이 다니는 학교에 찾아가서 연구하면 될 거라는 말씀도 함께였다.

마침 탈북학생이 많이 다니는 학교가 그리 멀지 않은 곳에 있었다. 교수님께서 내게 그런 말씀을 하신 것도, 그 학교가 인근에 있는 것도 우연이 아니라는 생각이 들었다. 그들을 잠시 만나는 것으로는 충분하지 않았다. 언어를 연구하려면 그들의 생활부터 알아야 한다고 생각했다. 아이들의 삶도 궁금했다. 할 수만 있다면 직접 맡아 가르치고 싶었다. 아이들에게 향하는 마음이 점점 커졌다. 나는 조기 복직을 떠올렸다. 학교를 옮길 시점이니 복직을 하면서 그 학교로 전보를 희망하면 될 것 같았다.

'하지만 막내는 남편에게도 가지 않는데, 이런 아이를 두고

어떻게 복직을 해?'

엄마만 찾는 딸아이를 생각하면 마음이 무거웠다. '그래도 가야지.'라는 마음과, '이런 아이를 두고 어떻게?!'라는 마음이 하루에도 수없이 자리다툼을 했다. 나는 마음을 단단히 먹고 결심을 굳혔다.

'모든 아이는 내 아이이기 이전에 신의 아이야. 그러니까 내가 그 아이들에게 가면, 신께서 나의 아이를 돌보실 거야.'

곧 3월이 되어 나는 학교로, 막내는 어린이집으로 가게 되었다. 감사하게도 막내는 좋은 선생님을 만났다. 선생님께서는 자꾸 보채는 딸아이를 품에 안고, 때로는 포대기에 둘러업고 길러주셨다. 막내가 젖병을 물지 않자 작은 숟가락으로 모유를 한 숟갈씩 떠먹이셨다. 선생님은 정말로 딸을 기르듯, 엄마의 마음으로 막내를 돌봐주셨다.

내 아이에게로

북한 사람들이 수없이 굶어 죽었던 '고난의 행군' 시기에 많은 북한 여성이 중국으로 건너갔다. 낯선 땅에서 살아남기 위해 중국인 남성에게 의지했지만, 아이를 낳고 살아도 중국인 신분을 주지 않았다. 그들은 공안의 눈을 피해서 산속 깊이 숨어 살았고, 발각되면 북한으로 끌려갔다. 그래서 꼭꼭 숨어 살다가, 언제 들킬지 모른다는 불안에 떠밀려 남한행을 결정하는

이들이 많았다. 중국에 사는 탈북민 자녀 중에서 열에 일곱이 엄마 없이 자라는 것은 그래서다. 어머니가 강제로 북송을 당했거나 탈북 중이기 때문이다.

"제가 갑자기 사라진 게 선아한테 너무 큰 상처가 됐나 봐요. 하지만 그 험한 길을 어떻게 아이를 데리고 오겠어요. 혹시라도 잡히면 북한으로 끌려가니까, 잡히면 차라리 죽으려고 독약을 싸서 머리에 꽂고 왔어요. 내가 살아서 남한에 도착하면, 그러면 아이를 데려오려고 했지요."

선아는 엄마가 영영 떠난 줄 알고 숨죽여 울었다고 했다. 엄마를 다시 만나고서야 소리 내어 울 수 있었다. "엄마가 나 버리고 갔잖아!"라고 소리치면서.

세 살 때 중국에 남겨진 은희는 중국인 아주머니 손에 자랐다. 시장에 가면 아주머니 손을 놓고 곳곳을 돌아다녔고, '내가 네 엄마야.'라고만 하면 누구라도 그대로 따라나섰다. 은희 어머니는 말했다.

"은희가 다섯 살이 됐을 때 남한에 데려왔어요. 이제 저랑 같이 사는데도, 제가 현관문만 열면 애가 소스라치게 놀라는 거예요. 금방 온다고, 쓰레기만 버리고 온다고 해도 기어이 따라나섰어요."

"애가 처음엔 말도 안 했어요. 말을 너무 안 해서 '벙어리인가?' 생각하기도 했어요."

어머니가 이렇게 말하자, 은희가 말을 받았다.

"그때는 제가 경계심이 좀 있었어요. 엄마가 하는 말도 처음엔 바로 알아듣기가 힘들었고요."

다시 만난 엄마도, 엄마의 말도 은희에게는 낯설었다. 엄마를 다시 만난 게 꿈처럼 좋았지만, 자신을 두고 떠났던 엄마를 믿어도 될지, 또 버림받는 건 아닐지 은희는 겁이 나고 혼란스러웠을 것이다.

아이들의 마음에서 한시도 잠들지 않았을 그리움을 누가 알까. 끝없는 불안이 마음 깊이 박혀서 지금도 괴롭게 하는 것을 그 누가 헤아릴까. 다시 엄마를 만났는데도 왜 계속 불안한지, 아이 자신도 이해할 수 없을 것이다. 그래서 더 힘이 들 것이다. 나도 아이의 마음을 다 알 수는 없지만, 때로는 아이에게서 숨은 불안이 전해지면, 나는 마음으로 이렇게 말한다.

'내가 너의 불안을 잠재워 줄 수는 없을 거야. 뜻 모를 너의 배고픔을 채워줄 수도 없겠지. 하지만 네 아픈 속을 내놓을 곳이 필요하면 나에게 말하렴. 누군가에게 말하기만 해도, 어딘가에 말할 곳이 있다는 것만으로도 조금은 안심이 될 테니까 말이야.'

나는 이 아이들을 사랑한다. 내 아이의 선생님이 딸아이에게 그러했듯이, 이 아이들을 내 아이처럼 사랑할 수 있기를 기도한다. 아이의 울음소리가 엄마를 부르듯, 이 아이들의 숨은 울음이 그들에게 따뜻한 사랑을 불러오기를 기도한다.

밉고 분했지만 미안했다

박호규

하늘이를 위해서 많은 시간을 썼다. 하나의 메시지를 일관되게 주었다. "네 잘못이 아니다"라고 말하고 존재와 행동은 다른 거라고 말해주었다. 너라는 존재는 온전하지만 그렇게 행동하는 것만 바꾸면 된다고 말했다.

너에게는 무한한 가능성이 있다고, 사랑과 배려, 한결같음 같은 미덕들이 함께한다고 말했다. 하지만 그런 행동이 보이지 않는 건 그 미덕이 아직 잠들어 있기 때문이라고, 깨울 마음만 있다면 언제든지 깨울 수 있다고 용기를 주었다.

잘 성장하기를 바라는 마음으로 나는 기다리고 기다렸다. 셀 수 없는 용서와 수많은 기도를 하였고, 이 아이가 자신의 행동을 스스로 알아차리고 더 좋은 방향으로 바뀌기를 바랐다.

그런데 너무 힘들 때가 있었다. 평소와 다름없이 하늘이를 만나는 중이었다. 조금 힘들고 지쳐서일까, 그 아이를 사랑해야 한다는 마음 한가운데 의심 같은 곰팡이 하나가 차갑게 피었다.

'이렇게 가르치는 게 맞을까? 지금이라도 더 엄하고 단호한 모습으로 화를 내야 하지 않을까? 그래야 한 사람 몫을 잘 해내고, 함께 일할 때도 다른 사람에게 피해를 덜 주지 않을까?'

어느새 내 마음에는 한 송이씩 핀 곰팡이가 잔뜩 있었다. 하늘이를 사랑으로 대하는 나의 방법이 맞는지 두렵고 불안했다.

"야, 쓰레기를 그렇게 던지면 어떡해? 주워서 제대로 넣어놔."

"아, 선생님. 선생님이 좀 해주세요."

"주워."

"싫어요. 선생님이 하세요."

둘이서 쓰레기를 버리러 나온 날이었다. 나는 내 의심과 두려움을 날씨보다 더 차갑게 던졌다.

"너 예의 없게 그게 무슨 행동이야. 선생님이 네가 하라면 해야 해?"

"선생님은 왜 시키는데요?"

"네가 잘못한 거잖아. 잘못한 만큼만 책임지라는 건데 그게 무슨 말버릇이야."

"선생님이나 똑바로 말하세요."

아이의 눈빛이 변하는 게 느껴졌다. 나를 미워하는 마음이 커지고, 어떻게든 이기려는 마음도 보였다. 여러 친구를 누르고, 다른 어른들을 이겼듯이 힘으로 나를 누르려고 했다. 평소였다면 조금 더 노련하게 대했겠지만, 그날은 쓰레기장 앞에서 마음껏 서로를 향해 날카로운 말을 뱉었다. 나도 기를 꺾고 싶었던 걸까. 잔뜩 싸운 하루였고 그날 저녁 몸서리치게 불편했다.

마음도 차가웠고 아이가 미웠고 정말 분했으며, 그러면서도 미안했다. 내가 비겁하다고 느꼈다. 한결같이 대해주겠다고 생각했는데 지키지 못했고, 나도 하늘이를 둘러싼 수많은 어른 중 한 명처럼 그 아이를 미워하는 사람이 된 것 같았다.

다음 날 솔직한 말로 사과를 했다.

"하늘아, 미안해. 선생님이 너를 믿어준다고 했는데, 어제는 선생님 미덕도 광산에 다시 들어간 날이었어. 더 사랑하고 상냥하게 대하도록 노력할게. 광산에서 한번 꺼내서 내 마음의 보석이 된 미덕을 다시 꺼내는 건 쉬운 일이야. 사랑과 상냥함이라는 보석을 다시 빛내보도록 노력할게."

"선생님이 너를 이해한다고 말해놓고 참고 참았던 순간들이 있었던 것 같아. 이제는 풍선이 가득 터질 때까지 참지 않고, 조금씩 바람을 빼는 방법, 현명하게 너와의 관계를 신경 쓰는 방법을 생각해볼게. 다시 선생님하고 잘 지내보자."

다행히 우리는 다시 관계를 회복할 수 있었다. 마음을 연 이후 더 깊어지기도 했다. 그런 1년을 보내고 졸업을 시켰다. 중학생이 되어도, 고등학생이 되어도 연락이 왔다. 자신이 얼마나 잘 성장하고 있는지 미주알고주알 알려준다.

'잘 자라주었구나.' 고마웠다.

'나를 그래도 좋은 선생님, 좋은 어른으로 기억해주는구나.' 위로가 되었다.

하늘이에게 내가 의미 있는 기억으로 남았다는 것, 그건 내게 또 다른 용기가 된다.

전화를 피하던 어린 교사

박호규

'지이잉'

전화가 싫었다. 누군가에게 휴대폰으로 말을 하는 게 싫었다. 어쩌면 미미한 대인기피증일 수도 있다. 나는 내가 소심하다 느꼈고, MBTI가 I로 시작한다고 믿었으며, 일할 때도 통화하는 게 싫어서 머뭇거리곤 했다.

생각해보면 원래 전화를 싫어했던 건 아니었다. 어렸을 때는 친구에게 연락이 오면 쪼르르 달려갔고, 진동 소리가 반가웠던 시절도 있었다. 언제부터일까, 언제부터 나는 전화를 받지 못했던 걸까?

"선생님, 너무한 거 아니에요?"

죄송하다고 말했다. 왜 미안한지 이해가 가지 않았지만, 본능은 사과를 택했다. 그냥 이 불편한 대화를 끝내고 싶었다. 차가운 음성이 싫고, 오랜 시간 귀가 뜨거워지는 게 싫었다.

사실 그 어머니의 아이는 나의 손길을 가장 많이 받던 아이였다. 내 에너지가 100이라면 50 정도는 늘 그 아이에게 쏟았다. 심할 때는 120, 130도 되었다. 어떻게 100이 넘을까 싶으면서도, 그런 날은 그다음 날까지도 종일 무력했기 때문이다.

하늘이는 눈빛부터 얼음 칼이다. 탓을 잘한다. 심지어 똑똑해서 이유를 잘 만든다. 분명 객관적으로 봤을 때는 하늘이의 잘못이 맞는데, 대화하다 보면 하늘이가 아닌 친구가, 전담 선생님이, 담임인 내가 잘못한 게 되어있다.

다행히 일 년 동안 하늘이는 잘 성장하였고 졸업도 예쁘게 하였다. 나쁜 아이가 아니라며 스스로 말할 수 있게 되었고, 점점 담임인 나를 신경 쓰며 좋은 행동을 하려 노력했다. 나쁜 행동의 습관이 남아있었지만, 스스로 돌아볼 수 있게 돕고 더 좋은 방향으로 나아갈 수 있게 용기를 주었다.

졸업을 못 시킨 건 하늘이 어머니의 차갑고 날카로운 음성이었다. 하늘이가 졸업하고도 그 어머니의 말은 한동안 오래, 내 마음 한편에 머물러 있었다.

"선생님, 하물며 차도 기스가 나면 기분이 별로인데, 아이가 다쳐서 왔잖아요. 어떻게 그럴 수가 있죠?"

"아 어머니, 하늘이가 미술 시간에 다친 것 말씀이신가요? 하늘이가 보건실에서 밴드를 붙이고 씩씩하게 웃어주어서 괜찮은 줄 알았어요."

"학교에 칼 같은 그런 위험한 도구 들고 있어도 돼요? 그리고 이걸 왜 제가 먼저 전화를 해야 하는 거죠? 그런 일이 있으면 그때그때 바로바로 알려주셔야죠. 애가 다쳐서 얼마나 화가 났는지 아세요?"

"아, 어머니 많이 속상하시고 화나셨죠. 죄송해요. 다음에는 제가…."

그렇게 말하면서도 이해가 되지 않았다. 힘들다고 소문난 그 아이, 경찰도 출동했던 그 아이, 조금이라도 더 좋은 어른이 될 수 있게 계속 믿어주고 사랑을 주고 정성을 쏟은 교사가 나인데, 감사나 칭찬이 아니라 나무람과 질책이라니, 너무 억울하고 화가 났다. 심지어 주말에도 전화가 왔다. 그날은 바쁜 와중에 겨우 틈을 내 여행을 간 날이었다. 1시간이 넘게 통화를 하고, 정말 펑펑 울었다. 끊임없이 눈물이 났다. 어릴 때부터 간절히 되고 싶었던 교직이었는데, 회의감이 들었기 때문이었다.

'내가 선생님을 잘 해낼 수 있을까?'

사람은 감당할 수 없는 순간이 찾아오면 꼭꼭 기억 저편에 숨긴다. 해결하지 않아도 되는 숙제처럼 세포 곳곳에 숨긴 다음 암묵기억이라는 이름으로 잊어버린다. 다만 그 상황과 비슷한 일이 펼쳐지면 아무 이유 없이 꺼려지는 무의식의 기본값이 된다.

'지이잉'

전화를 받지 못했다. 또 어떤 사람이 내 마음에 돌을 던질까 싶어서, 그런 상황 자체를 거부했다. 하지만 다행스럽게 나는 끝내 그 감정을 해소하고 기억을 재해석하며 다시 교직을 살아낼 용기를 얻었다.

정말 오랜 기간이 필요했다. 퍼석퍼석하고 갈라진 모래 화분 위에 따뜻한 물 한 방울이 적셔지듯이, 아주 천천히 스며들고 회복되었다. 기쁨으로 적을 수 있는 것은 지금의 내 모습이다.

"선생님 성격 MBTI E로 시작하죠?"

최근에 나를 만나는 사람들은 내가 되게 외향적이고, 여유 있는 사람으로 안다. 전화를 잘 받고 심지어 통화할 때의 목소리도 즐거움이 가득한 사람으로 바라봐 준다.

사실 아직도 가끔 울리는 전화 앞에서 멈칫할 때가 있지만 이제는 그 어머니를 떠올려도 화와 불편함이 떠오르지는 않는다. 오랜 기간이었지만 드디어 어머니의 말도 졸업시킨 것 같다.

'호규야, 누구보다 네 곁에서 오랫동안 너를 지켜봤어. 너,

진짜 잘 살았어. 드디어 그 차갑던 기억도 용서했구나. 고생했
어. 이제는 더 평온해질 거야.'

선생 자격 있나? 없나?

박영현

2학기에 복직하면서 학교를 옮기게 되었다. 전근 간 학교에서 맡게 된 반은 2학년이다. 나름의 교직 경력이 쌓였고 갖은 연수를 통해 학급경영에도 자신이 있었다. 개학 전날 교실 청소를 신나게 한 뒤 우리 반은 특별한 학급이라는 것을 보여주기 위해 의자를 둥글게 원으로 배치해 두었다. 1학년 담임도 몇 년 하면서 스킬을 쌓았는데 2학년은 아무 문제 없다. 새 학기가 두렵기는커녕 내일 어떤 아이들을 만날까 기대감에 가슴이 부풀었다.

그런데, 어라? 개학 날 아침 교실에 들어오는 아이들의 분위기가 심상치 않다. 보통은 새 학기가 시작되면 학생들은 자리에 앉아서 교실 분위기를 살핀다거나 조용히 이야기한다. 아직 서먹서먹한 선생님께 잘 보이기 위해서 평소에 떠들던 아이들도 조용하다. 하지만 애들은 뭔가 이상했다. 나의 예상과는 전혀 딴판이다.

먼저 온 몇몇이 의자 위에 올라가서 소리를 지르며 빙글빙글 돌면서 뛰어다녔다. 의자 밑에 기어들어 가는 아이도 있었고, 의자를 중간으로 끌고 가서는 보란 듯이 앉는 아이도 있었다. 순식간에 원으로 만들어 둔 의자들은 제각각 흩어졌으며 내 마음도 의자들처럼 산산이 조각났다. 그렇게 교실 붕괴의 서막이 시작되었다.

매일 전쟁터였다. 남자아이들의 반 이상이 수업 시간에 큰 소리로 서로 대화를 하고 낄낄거렸다. 벌떡 일어나서 돌아다니고 이상한 소리를 내면서 다른 친구들의 공부를 방해했다. 준비물이 제때 준비되는 경우가 없었고 내 말에 귀를 기울이지 않았다. 수업은 산으로 갔다. 하루에도 몇 번씩 싸움이 났다. 쉬는 시간에는 또 싸움이 날까 봐 화장실도 서둘러 다녀와야 했다.

거의 매일 마지막 시간은 나의 잔소리와 호통이었다. 아이들은 집에 가서 학교에서 있었던 일들을 자기 입장에서만 전달했고 따라오는 학부모의 민원과 과도한 자기 아이 감싸기에 나는 지쳐갔다. 그러기를 반복하던 어느 날, 사건이 터졌다.

"너희들 해도 해도 너무한다. 조금 전에 선생님이 주의를 주었는데 또 그러니? 그런 행동을 하는 사람들을 뭐라고 하는지 알아? 똘아이야! 똘아이!"

그 말이 내 입에서 나옴과 동시에 후회했다. 이유야 어찌 되었든 교사가 아이들에게 막말할 수는 없다. 아니나 다를까 하교하자마자 학부모들로부터 전화가 걸려왔다. 상황을 설명하고 사과를 했다. 가장 심하게 수업을 방해하는 철우 어머니와 상담 약속을 앞두고 나는 떨었다. 학교 일에 관심이 많던 그 어머니는 당장이라도 단체행동을 할 듯 다른 학부모들에게 전화를 돌렸다.

"아니 선생이라는 사람이 아이들에게 어떻게 그런 말을 할 수 있어요? 그 사람 선생 자격이 없는 것 아니에요?"

철우 어머니의 말이 틀리지 않았다. 나는 아이들에게 언어폭력을 행사한 것이다. 그동안 붕괴된 학급에서 고군분투했던 애씀은 단 한마디 말실수로 인해 날아가 버렸다. 나는 무능한 데다가 선생 자격도 없는 교사가 되었다. 좌절감과 부끄러움, 후회와 자책으로 출근이 죽기보다 싫었다. 엄마의 힘을 등에 업은 철우는 더 날아다녔다.

나를 살린 건 몇몇 어머니들의 믿음과 지지였다. 평소 철우의 과격한 행동에 피해를 받던 아이의 어머니들이 힘을 모아주셨다. 얼마나 심했으면 선생님이 그런 말씀을 하셨을까 이해한다는 어머님들의 말씀에 눈물이 났다.

철우 어머니와 상담을 앞두고 용기를 냈다. 진심으로 내 마음을 전하자. 사과할 부분은 분명히 인정하자. 힘든 부분을 이야기하고 철우 어머니에게 도움을 요청했다. 그런데 거짓말 같은 일이 일어났다. 내 진심이 통했고 어머님과 웃으면서 상담을 마무리 할 수 있었다.

게다가 더 기적과 같은 일은 수업을 방해하던 철우가 온순해졌다는 것이다. 물론 장난꾸러기 2학년 아이들의 재잘거림은 여전했고, 다른 친구들과 다툼도 종종 일어났지만 일부러 수업을 방해하는 일들은 없어졌다. 철우 어머니와 철우의 다이나믹한 변화가 고마웠지만 어떻게 그렇게 변했는지 이해되지 않은 채 시간이 흘렀다.

그러다 권영애 선생님을 만나게 되었고 공부하면서 알게 되었다. 잘잘못을 따지는 것은 이미 소모적인 논쟁일 뿐이었다. 아이들과 부모가 진짜 원하는 건 아이를 존재 그대로 봐주는 것이다. 부족함을 다그치는 선생님이 아니라 가능성을 봐주는 선생님이기를 기대했던 것이다. 내가 진심으로 사과하고 내 부족함을 용기 내어 드러낸 것이 철우 어머니의 마음을 움직인 것이다.

어떤 일에 완벽한 자격을 갖춘 사람이 존재할까? 말 한마디에 자격이 있었다가 없어졌다가 하지는 않는다. 사람의 일이

란 건 정성을 쏟고 믿고 기다리고 사랑하는 것, 그 외에 뭐가
또 있을까.

독기가 빠진 아이의 진짜 눈빛

김한진

"조용히 안 해!"

배 속부터 끌어 올려진 힘으로 기합을 치듯 소리친다. 실내에서 멀리 던지듯 뱉으면 소리가 우렁차게 울린다. 나는 이런 발성을 군대 시절에 배웠다.

군에서 조교로 복무할 때 사회의 때를 벗기기 위해 강력한 통제 방법을 쓴다. 그중 하나가 호통이고 다른 하나가 표정이다. 첫 주차 때는 교육생을 보고 절대 웃지 않는다. 삼 주차가 되면 질문을 받고 조금씩 풀어주며 조언을 해준다. 그러면 마지막 주차에 교육생들이 감동적인 편지를 써준다. 자대 배치를 받고 선임들을 따라다니며 그 분위기를 느낄 수 있었다. 그때

군대에서 사람의 행동을 바꾸는 것에 패턴이 있다는 것을 알았다.

　하지만 나는 교사였다. 교육생을 통제하면서 다시 학교로 가면 어떻게 아이들을 대해야 하는지 고민이 들었다. 아이들은 교육생 대하듯 할 수는 없었다. 한 선생님은 첫날은 교실 앞문을 발로 차고 "조용히 안 해!" 하고 큰소리치라고 했다. 다른 거 필요 없이 이름만 적으라고 했다. 한 달은 이를 보이지 말라고도 했다. 먹히는 기술이라며 자신 있게 말했다. 윽박질러야 통제가 된다니 학교가 군대랑 뭐가 다른가 싶었다.

　그렇다고 나도 대안이 있는 것은 아니다. 궁지에 몰리면 과거에 사용했던 통제 방법이 수시로 튀어나왔다. 아이들이 통제가 안 되면 잔소리를 하기도 했는데 내가 과거에 싫어했던 초등학교 선생님의 레퍼토리가 나와 흠칫 놀랄 때도 있었다. 호통치고 잔소리하면서 수업하면 집에 갈 때쯤 목 안쪽에 뜨끈한 젤리 같은 것이 들어 있는 것 같았다. 목 통증 때문에 한의원과 정형외과도 여러 번 갔다.

　한 번 달아오른 감정은 진정이 안 됐다. 다음 날은 별거 아닌 일에 쉽게 잔소리했고 그다음 날에는 더 작은 일에도 고함쳤다. 앞으로 교사를 할 날이 더 많을 텐데 이렇게 하다간 교사를 오래 못 할 것 같았다. 학교가 빨리 끝나기를 바랐다.

교사모임에 갔다가 만난 선생님이 강연 100℃에 나온 영상을 추천해주셨다. 생활지도 방법이 다른 건 다 안되는 데 이 선생님이 하는 방법은 통하더라면서『그 아이의 단 한 사람』이라는 책도 권했다. 스스로 변화하고 싶었고 의지가 있었기 때문에 늦은 저녁에 유튜브로 영상을 다 봤다. 영상 속 선생님이 그러셨다. 사람은 믿어주는 대로 자란다. 나무라고 못 한다고 믿으면 그런 모습이 보이고 그 아이만의 특별한 이유가 있다고 보면 아이의 가능성과 잠재력이 보인다고 하셨다. 영상을 보는데 마음이 사르르 녹는 것 같은 기분이 들었다. 이게 내가 진짜 아이들에게 하고 싶은 이야기였다. 아이들을 이렇게 만나고 싶었다.

　　돌아오는 해에 6학년을 맞았다. 반 아이 중 한 아이가 눈에 띄었다. 작년에 대걸레로 우리 반 아이 얼굴을 비비려 했던 아이였다. 여러 가지 정황과 목격한 사람의 말을 듣고 사실을 물었을 때도 끝까지 절대 아니라고 잡아뗐던 아이다. 그런데 내가 담임선생님이 됐으니 표정이 좋을 리 없었다.

　　학급 회의를 하기 전 '과일바구니'라는 게임을 했다. 움직임이 많은 활동이라 대부분 웃음이 터지고 적극적으로 변한다. 그 아이는 팔짱을 끼고 엉덩이를 의자 끝에 걸친 채 등을 의자 등받이에 기댔다. 자기가 걸려도 움직이려 들지 않았다.

　　예전의 나라면 화를 버럭 낼만도 했다. 실제로 화가 나려는

찰라 주문을 외우듯 말했다. '그 아이만의 특별한 이유가 있겠지.' 내게도 보이지 않는 아이의 의도를 판단하지 않는 용기가 필요했다. 그리고 지금이 이 아이에게 해주고 싶은 말을 할 때라고 생각했다.

"여러분 혹시 배려라는 말 들어 본 사람?"

"저요!"

"여러분 끈기라는 말 들어 본 사람?"

"저요!"

아이들은 갑자기 선생님이 왜 이런 걸 물어보냐는 눈빛이다.

"아마 모르는 사람은 없을 거예요. 여러분들이 아는 것처럼 배려, 끈기 같은 미덕들은 여러분들 마음 안에 늘 있습니다. 단지 때로는 그것이 깨어날 때도 있고 잠자고 있을 때도 있어요. 잠자고 있으면 알면서도 하기 싫기도 합니다. 누구나 그래요. 선생님도 그렇죠. 하지만 여러분들이 깨우고 싶다고 마음먹으면 미덕들은 언제든지 깨울 수 있습니다. 길을 가다가 길을 잃은 사람에게 길을 알려주기 귀찮을 때가 있고 길을 알려주고 싶을 때도 있어요. 친구가 모르는 게 있으면 알려주고 싶기도 하고 그냥 지나치고 싶을 때가 있어요. 이런 미덕들은 자꾸 깨우면 반짝반짝 빛이 나요. 처음에는 노력해야 깨워지던 것들이 노력하지 않아도 깨어납니다. 여러분들은 어떤 미덕들을 깨워보고 싶나요? 내가 이미 깨운 미덕, 깨우고 싶은 미덕을 한 번

적어봅시다."

그 아이는 내 이야기를 집중해서 들었다. 그리고 바라는 모습을 적는 학습지 칸에 '미덕들을 깨워보고 싶다.'라고 적었다. 아이가 문제를 일으킬 때는 그럴 수 있다고 에너지를 바꾸어 말해줬다.

아이는 성큼 다가왔다. 아침 체온 인사를 할 때 아이들이 만든 인사를 골라서 인사하는데 그 아이는 안아주기 인사를 선택했다. 첫 만남에 날카롭게 쏘아 보던 아이가 따뜻한 눈으로 나를 바라보고 있다는 것이 믿기지 않을 만큼 신기하고 놀라웠다. 독기가 빠진 눈에는 선한 아이의 진짜 눈빛이 있었다. 아이와 나 사이에 신뢰의 다리가 놓여있는 것 같았다.

아이에게 느껴졌던 부정적인 에너지가 그 아이의 본질이 아니라 지금 단지 그럴만한 특별한 이유가 있다고 생각할 때 내게는 용기가 필요했다. 처음에 용기는 없는 힘을 끌어쓴다고 생각했었다. 하지만 용기는 내가 어느 면을 바라보느냐의 선택의 문제였다. 아이를 믿어주는 것은 나의 변화에서 끝나지 않았다. 믿음은 신뢰의 에너지로 서로를 함께 변화시켰다. 믿을 수 있는 용기는 나와 아이를 함께 성장시킨다.

사람에 울고 사랑에 웃다

정은주

"도대체 뭘 하는 겁니까? 이게 말이 됩니까? 확인하고 연락하세요."

느닷없이 걸려 온 관리자의 전화에 마음은 급하고 몸은 허둥댔다. 상황설명을 하고 벌어진 상황을 수습하려고 애썼지만 "다시!"라는 말과 함께 돌아온 건 불신뿐이었다. 내가 그런 말이 안 되는 상황을 벌인 것도 아니었지만 마치 내가 어떻게 처리한 것처럼 믿고 말하는 관리자가 미웠다. 단숨에 거짓말쟁이가 된 초라한 내 모습에 담벼락을 부여잡은 채 한없이 어깨를 들썩였다. 한 사람의 말 한마디에 무너지고만 나, 알 수 없는 억울함에 눈물 흘린 나, 세상이 사라졌다고 느낀 나, 사람에 그렇게 울었다.

사람에 그렇게 울던 날, 상대의 태도에 내 첫 반응은 원망스러움과 억울함으로 가득했다. 시간이 지나 감정이 흐려지니 그분의 마음이 흐릿하게 드러났다. 불신보다 염려였다. 큰 그림 안에 숨겨진 더 큰 마음이 보였다. 그건 사랑이었다. 눈물의 기억을 뒤로 한 채 환하게 웃었다.

"제가 뭘 두고 와서요. 잠시 3층에서 뵐 수 있을까요?"
조금 전 헤어진 친구. 뭘 두고 간 거지? 무슨 일이 있는 건지 걱정되는 마음에 뚜벅뚜벅 3층 강의실 문을 열었다. 깜깜했다. 책상 위에 가방이 놓여있었다. '연구사님!'이라는 외침과 함께 모퉁이에서 촛불 꽂힌 케이크를 들고 반가운 두 사람이 "축하합니다. 수고 많으셨습니다!"라며 나를 맞아주었다. 운영한 연수를 마친 것을 축하해주었다. 8년간 교육전문직의 삶을 기억해주었다. 뭉클했다. 원거리를 달려와 지지해주고 축하해준 이들…, 마지막이라는 것에 가라앉아 어두워지는 마음을 환하게 밝힌 축복 같은 날, 사랑에 그렇게 웃었다.

사랑에 웃었던 날, 순간을 기억해준 이들로 행복했다. 그런데 상대적으로 지금 곁에 있는 동료들에 대한 서운함이 몰려왔다. 많은 시간을 함께 했음에도 내 마음을 몰라주니 서운했다.

미소를 짓고 있었지만 마음 한켠은 눈물이었다.

잔잔한 호숫가에 돌멩이가 던져졌다. 이내 떨어진 돌멩이 주위로 물그림자가 그려진다. 돌멩이를 던진 이는 어떤 감정으로 던졌을까? 던져진 돌멩이는 어떤 기분이었을까? 잔잔히 있다가 날아온 돌멩이를 맞고 호수는 어떤 느낌이 들었을까? 그것을 바라본 하늘은 어떤 생각이 들었을까? 나란히 놓여있던 돌멩이 친구는 떠나간 돌멩이를 보며 어떤 마음이었을까? 던지는 이와 던져진 돌멩이, 던짐을 받은 호수는 같은 상황이지만 저마다의 자극으로 반응하게 된다. 사람에 운다는 것, 사랑에 웃는다는 것, 그것은 어쩜 같은 것일지도 모른다. 내가 돌멩이가 될 것인지? 돌멩이를 던진 이가 될 것인지? 돌멩이를 맞은 호수가 될 것인지? 그것은 나의 선택일 것이다.

주말, TV 앞에 앉는다. 채널을 멈추고 묵혀둔 감정들을 쏟아낸다. 아파서, 뭉클해서, 두려워서, 기뻐서 그렇게 뜨거운 눈물을 흐르게 둔다. 참았던 소리를 크게 내뱉는다. 박수치고 노래하며 둠칫둠칫 몸을 흔들며 하마 입을 하고 크게 웃는다. 한 주를 벅찬 숨을 몰아쉬며 뛰어온 나에게 주는 선물 같은 시간. 단방향 메시지에 쌍방향으로 반응하며 느끼는 대로 감정들을 쏟아낸다. 감정에 춤을 춘다.

어떤 사람과 사랑이 온다 해도 덤덤하다. 잠시 아프더라도 그것은 바로 웃음이 되고 사랑이 되고 의미가 될 것을 믿는다. 온몸의 세포들이 깨어나 감정에 반응한다는 건 살아있음이기에 감사하다. 오늘도 사람에 울고 사랑에 웃으며 살아간다.

마음속에 남아있는 유일한 사람

이혜선

"선생님 아직도 이 메일을 쓰실지 모르겠네요. 저 현정이에요."

이메일의 제목을 보는 순간 한 아이의 얼굴이 그려졌다. 20년 전 첫 발령지에서 담임을 맡아 가르쳤던 5학년 아이들 중 한 명인 현정이었다. 기대와 두려움이 교차했던 그해, 아홉 학급의 시골 학교에서 5학년을 가르치며 많은 시행착오를 겪었다. 오랜 시간이 흘렀지만 그 당시 아이들의 얼굴과 이름까지 머릿속에 생생히 떠올랐다. 그 아이들 속에 현정이가 있다. 다른 아이들에 비해 유난히 얼굴이 하얀 아이, 종이접기를 좋아했고 수줍음도 많던, 얌전하고 눈에 띄지 않아 왠지 모르게 주

눅이 들어 보이던 아이였다.

2년간 그 학교에서 근무한 후 도시에 있는 큰 학교로 근무지를 옮겼고, 이후에도 가끔씩 현정이가 연락을 해 왔었다. 대학을 들어갔다는 소식을 끝으로 연락이 안 됐었는데 이렇게 다시 연락을 하니 더할나위 없이 반가운 마음이 들었다. 현정이는 메일을 통해 자신이 살아온 삶을 담담히 고백했다. 아버지의 폭력으로 힘든 어린시절을 보내고, 지금은 혼자 씩씩하게 자신만의 삶을 살아가고 있다고 했다. 현정이가 초등학교 당시 가정폭력을 겪었다니 정말 꿈에도 생각하지 못했다.

내가 좀 더 노련하고 경험 많은 교사였다면 그 아이의 어려움을 알아차리고 뭔가 도와주었을 수도 있었을지 모른다. 하지만 그때는 나의 힘듦만 생각했고 아이들은 마냥 순수하거나 장난꾸러기로 여겼던 것 같다. 어린 시절 힘들고 외로웠을 현정이를 지금이라도 위로해 주고 싶었다. 선생님이 그때 몰라서 미안했다고 사과도 하고 싶었다. 어른으로서 그래야 할 것 같았다. 다행히도 현정이가 자신의 연락처를 남겨놓아 바로 연락이 닿았고, 이후 직접 만나게 되었다.

"현정아, 선생님은 그때 네가 그렇게 힘들었다는 것을 정말 몰랐어. 너무 미안해."

"선생님이 모르셨던 게 당연해요. 누구에게도 말하지 못했어요."

"그랬구나. 지금은 많이 좋아진 것 같네."

"네, 지금은 가족과 연락하지는 않지만… 용서했어요."

"참 잘 컸다. 이렇게 잘 자라줘서 고맙고 기뻐."

현정이는 내가 짐작했던 모습보다 더 밝았고, 솔직했다. 혼자 잘 지내고 있었고, 자신을 드러내는 용기가 있었다. 그동안 살아온 이야기, 지금 살아가는 이야기를 들으며 내면이 단단해져 있음을 느꼈고 안심이 되었다. 자연스럽게 화제는 20년 전 학창 시절로 흘러갔다.

"선생님, 그때 아이들이 선생님 정말 좋아했어요. 시골 학교에 젊은 선생님이 오시니 얼마나 좋아요. 그리고 선생님이 제일 친절하셨어요."

"어, 그래? 나는 몰랐네. 그때 남자아이들이 참 개구쟁이여서 힘들었던 기억이 나. 만날 혼냈던 것 같은데? 아이들이 나를 좋아했었나? 혼내서 싫어했을 것 같은데?"

"아니에요, 선생님. 그때 아이들이 선생님 좋아했어요. 지금도 모두 기억하고 있을 거예요."

"선생님은 제 학창 시절에서 마음속에 남아있는 유일한 사람이에요."라는 현정이가 보낸 이메일의 문구가 떠올랐다. 내 기억 속의 나는 한없이 부족했던 선생님이었는데, 현정이 기억 속의 나는 그렇지 않았나 보다. 이 문장을 읽는 순간 정말 고맙고 뭉클해 몇 번이고 다시 읽었다.

'십수 년의 학창 시절 속에 다양한 선생님을 만났을 텐데 왜 나를 그렇게 기억해줄까?' 현정이의 아픔도 알지 못했던 나였는데, 더 경력 많고 능숙한 선생님들도 많이 만났을 텐데 말이다.

그 시절 나는 모든 게 허술했던 초보 중의 초보 선생님이었다. 하지만 아이들을 편애하거나 차별하지 않고 평등하게 대하려고 애썼다. 아이들을 배경이나 공부 능력으로 평가하지 않았고 모두를 진심으로 대했었다. 미숙했지만 순수했다. 그 편견 없는 진짜 마음이 기댈 곳 없이 외로웠던 한 아이에게는 위로와 지지가 되었을지도 모르겠다. 교직 생활 동안 많은 아이를 가르쳤다. 오랜 시간이 흐른 뒤 이 아이들에게 남아있는 것은 무엇일까 생각해보았다. 그것은 바로 선생님의 사랑을 느낀 찰나의 순간들이었다.

세 번째 이야기

내 안에도 그런 힘이 있싸

마음을 뚫어주는 바람길

송윤희

학교에 실버도우미 두 분은 아침마다 1층 계단 옆에서 아이들 체온을 재셨다. 나이도 지긋하신 분들이 계속 서 계시는 게 마음에 걸렸다.

"안녕하세요. 저…, 의자 가져다드릴까요?"

"아유, 괜찮아요."

두 분 다 웃으며 손사래를 치셨다. 며칠 두고 보다가 강당에서 접이식 의자를 가져다드렸다. 별일 아닌데도 너무나 고마워하셔서 내친김에 선풍기도 갖다 드렸다. 그것을 인연으로 실버도우미, 아니 할머니들과의 대화가 시작되었다.

"선생님, 어제도 물 주셨죠, 물 많이 주면 안 돼요."

"진딧물에는 마요네즈랑 퐁퐁이 좋대요."

텃밭에서 아이들과 감자 농사를 짓는 걸 보고 여러 정보를 알려주셨다. 그리고 잘 자라면 나보다 좋아하셨다. 할머니들과의 대화가 늘어가는 게 신기했다. 처음에는 '안녕하세요'라는 인사말이 다였는데, 날씨 이야기도 하고 안부를 묻는 일이 늘어갔다. 이런 변화에 익숙해질 무렵 당황스러운 일이 발생했다.

"선생님들은 왜 인사를 안 해요?"

지인의 질문은 갑작스럽고 공격적으로 느껴졌다. '선생님들'이란 말이 내게 하는 비난처럼 들렸다.

"누가 인사를 안 하셨어요?"

그분 말에 의하면, 학교에 갈 일이 있어서 방문하면, 교사들이 눈도 안 마주친단다.

"아이고 그런 일이…. 바쁘셨나 봐요."

대답을 대충 얼버무리고 나서 나를 돌아보았다. 교실에 들어왔던 여러 선생님에게 나는 어떻게 대해왔지? 급식실 조리사님들에게는? 학교 경비아저씨께는? 행정실에 가서는 어떻게 하고 있지? 인사를 하면서 눈을 마주쳤을까? 인사를 안 한 적은 없지만, 솔직히 관심은 없었다. 사람을 사물처럼 만나왔단 생각이 들었다. 좀 더 잘 만나고 싶었다.

뭔가 깨달았어도 변화하기는 쉽지 않다. 나는 사람들에게 다가서려면 많은 에너지가 필요한 사람이다. 누군가 만났을 때

스쳐 지나가며 '안녕하세요' 하는 건 쉽지만 그 외에 한마디 덧붙이는 것에 적잖은 노력이 필요했다. 그래도 용기를 내보았다. "날씨 참 덥죠?", "오늘 참 화사해 보이시네요." 등등. 실버도우미 할머니들과 '안녕하세요'에 한마디를 더 보탠 경험이 작은 시도를 하는 데 도움이 되었다. 코로나19 바이러스 때문에 만난 교실 소독하러 오신 분과 매일 담소와 간식을 나누었다. 경비아저씨들은 내가 매일 퇴근이 늦다며 걱정해주신다. 그럴 때면 잠시 시간을 내어 주말농장이나 낚시와 같은 소소한 이야기를 나누는 게 즐거웠다. 힘든 하루를 보낸 동료 교사 교실에 가서 오랜 시간 고민을 들어주는 일도 있었으니 내겐 놀라운 변화다.

'만약, 내가 근무하는 이곳이 학교가 아니라 한 마을이라면 어떨까?'

모두 이웃사촌이다. '선생님'이나 '방역도우미', '실버도우미'로 부를 일도 없다. 여느 동네처럼 앞집 할머니나 영희 엄마, 혹은 언니나 오빠로 부를 것이다. 우리 학교 애들과 우리 집 애들이 모여서 노는 걸 볼 수도 있고 음식을 나누는 일도 있을 것이다. 상상만으로도 즐겁다. 호칭이 달라지는 게 좋고 역할이 아닌 사람으로 만나는 대화가 좋다.

학생이나 학부모로 인한 속상한 마음을 혼자 추슬러야 할 때나 업무에 치여서 집에 늦게 돌아가는 날에는 내가 거대한 기계의 부속처럼 느껴진다. 그때 마음은 참 허망하다. 나만 그렇진 않을 거다. 학교의 누군가는 학교 창문을 닫다가, 아이들 급식판을 치워주다가, 인사 없이 후다닥 뛰어가는 아이를 잡고 체온을 재다가, 팔 아프게 여기저기 소독하다가 힘들어지는 순간이 있을 것이다. 일이 힘든 게 아니라 내가 사람이라고 느껴지지 않을 때 힘들다. 서로 마주하고 웃고 서로가 사람과 사람으로 만난다면 그 순간이 답답한 마음을 뚫어주는 실바람이 되어주지 않을까? 내가 학교에 출근해서 누구를 만나든 바람 길이 생기면 좋을 것 같다. 바람을 느끼며 함께 웃고 싶다.

나는 사랑을 선택했다

박지숙

『에드와르도 세상에서 가장 못 된 아이』 그림책 속 주인공인 에드와르도는 보통의 아이들과 비슷하다. 때때로 시끄럽게 떠들거나, 물건을 발로 차고, 가끔 동물들을 따라다닌다. 하지만 하는 일마다 말썽을 부린다고 혼이 났다. 주변 어른들의 섣부른 꾸지람이 이어졌다. 계속 그런 말을 듣고 나니 에드와르도는 점점 더 눈치 없이 굴고, 사나워지고, 시끄러워지고, 방을 어지르고, 지저분해지고, 못되게 굴고, 버릇없이 굴었다. 결국 '세상에서 가장 못 된 아이'가 되었다.

우리 집에는 에드와르도가 산다. 중학교에 들어간 아들이 친구와 몸싸움으로 학교에 불려가게 되었다. 아들은 한 번의 일로 '나쁜 아이'가 되어있었다. 해명하려고 할 때마다 상대 아이의 엄마에게 상처 되는 말을 듣고, 눈총을 받았다. 아들은 아무렇지도 않게 다녔지만 엄마인 나는 매번 상처를 받았다. 아이도 아닌 척했지만, 보건실 단골손님이 되었고, 학교를 다니면서 불평불만이 가득했다.

어느 날, 화분을 발로 찬 에드와르도는 "정원을 가꾸기 시작했구나, 정말 예쁘다. 다른 식물들도 좀 더 심어보렴."이라는 말에 식물을 길렀다. 솜씨가 좋아서 주변 사람들도 정원을 맡길 정도가 되었다. 비뚤어진 에드와르도의 행동이 우연히 들은 칭찬으로 바뀌기 시작했다. 긍정적인 반응과 말 덕분에 이제는 모두 에드와르도를 '세상에서 가장 사랑스러운 아이'로 생각하게 되었다.

아들이 중3이 되었을 때 계단을 잘못 디디어서 발목이 골절되었다. 심하게 다쳐서 병원에 가야 한다고 연락이 왔다. 그런데 아들이 수행평가를 열심히 준비했는데 못 보고 가면 억울하다며 시험을 보고 병원을 나중에 가겠다고 우겼다는 것이다. 이전에 코로나 의심 증상이 있었을 때도 자기가 좋아하는 과학수업은 듣겠다고 고집을 피웠다고 들었는데 이번에도 또 고집을 피운 것이다.

다음 날, 깁스하고 학교에 데려다주는데 교실까지 가는 동안 만나는 선생님마다 한마디씩 하신다.

"아! 어제 다리가 부러졌는데도 시험 보겠다던 학생 아니야?"

"어머님, 걱정 많으셨지요? 제가 처음 전화했던 교사예요. 다리를 다쳤는데도 자기가 공부한 것은 꼭 봐야 한다고 하는데 얼마나 기특하던지요. 다리를 이렇게 다쳐서 아플 텐데 어떻게 그렇게 말할 수 있어요? 정말 대단해요!"

"지난번에도 과학 수업은 듣고 집에 가겠다고 하소연을 하더니 이번에도 시험을 보고 가겠다고 했어요. 참 성실하고 책임감이 강한 것 같아요."

이 상황이 이해되지 않아서 아들을 쳐다보았다.

"아들아, 이게 무슨 상황이지?"

"선생님들이 다 바뀌셨어."

상황은 이러했다. 1학년 때, 우리 아들과 친구와의 문제를 알고 있던 대부분 선생님이 전근 가시고 새롭게 오신 분들이 우리 아들을 처음 보았는데 학기 초부터 열심히 하려는 모습으로 봐주신 것이다. 심지어 보건실 단골이었던 우리 아이 덕분에 통화를 자주 했던 보건 선생님마저도 바뀌셨다.

그 후, 우리 아들은 성실하고 책임감 강한 학생이 되었다. 그렇게 인정을 받으니 그런 학생이 되었고 되어가고 있다. 엄마인 나와 성향이 다르고 기질이 달라 같은 것을 보더라도 달리 생각해서 늘 부딪히고 있지만, 학교에서는 우리 아들을 긍정적으로 봐주시니 그런 학생으로 지내는 것을 보았다.

이 책 속 주인공 에드와르도는 그저 평범한 아이였지만 누굴 만나고 어떻게 바라보는가에 따라 전혀 다른 사람이 되었다. 그 '누구'는 '누구'나 될 수 있는 것 같다. 교사의 눈으로 엄마의 눈으로 아내의 눈으로 딸의 눈으로 상대방을 바라볼 때, 나는 어떤 눈으로 보는지 돌아보게 했던 책이었다.

우리 아들도 '에드와르도'였다. 그 존재로는 그대로 달라진 것이 없음에도 어떤 시선으로 바라보느냐에 따라 '불평쟁이'가 되기도 하고 '성실한 아이'가 되기도 했다. 나의 기준, 나의 잣대를 가지고 자꾸 따지고 우리 아들을 판단할 때가 많다. 하지만 아들의 시선으로 바라보면 내가 또 지나친 엄마일 수도 있다. 그래서 나는 매번 사랑을 선택하는 중이다. 언젠가는 그 사랑이 이루어질 것을 믿고 사랑을 선택한다. 어쩌면 아들도 나를 향해 자신만의 사랑을 피력하고 있는데 내가 모를 수도 있다. 그래서 나는 사랑의 안테나를 계속 세울 것이다. 아들을 사랑의 시선으로 바라보도록 노력할 것이다.

나는 오늘도 사랑을 선택한다.

나의 형

김한진

"형이라고 부르는 거야."

사촌 형은 나와 나이도 같고 학년도 같다. 어렸을 때 큰집에 놀러 가면 가끔 큰엄마가 형이라고 부르라고 하셨다. 나는 '형은 큰아빠의 아들이고 나보다 생일이 5개월 빠르니 형이라고 불러도 되지.'라고 생각했다. 나는 그만큼 형이라 불리는 존재가 참 좋았다. 초등학교 4학년 때, 내 여동생이 6학년 여자들에게 둘러싸여 있었다. 나는 뭔가 상황이 안 좋다는 걸 직감하고 그 무리로 달려가 발차기를 했다.

"씨발! 저리 안 꺼져!"

무리 속에 들어갔을 때 내 뒤에 형이 있었다. 형은 주먹을 휘두르면서 여자들에게 꺼지라고 소리 질렀다. 무리가 흐트러 졌을 때, 마치 짠 듯이 '형제는 용감했다!'라고 말했다. 우리는 어깨동무하며 서로 웃었다. 형이랑 있으면 무서울 게 없었다.

　한 학년이 올라갔을 때다. 학교가 끝나고 경시대회 준비하 는 교실로 들어가려는데 한 친구가 복도를 도망가듯 뛰어갔고 친구가 시야에서 사라지자 복도 끝에서 단소가 세게 날아왔 다.

"씨발! 야! 이 개새끼야!"

누군가 울먹이며 식식거리는 소리가 들렸다. 형이었다. 얼 굴이 시뻘겋게 달아 올라있었다. 태어나서 그렇게까지 화난 형 의 모습을 처음 봤다. 달래줘야 한다는 생각도 못 했고 무슨 일인지 알아봐야겠다는 생각도 못 했다. 난 무서웠고 그대로 교실로 들어왔다. 그때 우리 반 여자애가 내게 와서 그랬다.

"야, OO. 니네 형 아니라매!"

"무슨 소리야!"

"몰랐어?"

무슨 말 같지도 않은 소리를 하는가 싶었다. 집에 돌아왔지 만 아까 했던 말이 머릿속에서 사라지질 않았다. 형이 형이 아 니라니.

　문득 과학학습만화에서 읽었던 혈액형 이야기가 생각났다.

혈액형 구조도를 그려놓고 부모의 혈액형에 따라 자녀의 혈액형이 무엇이 될 수 있는지 알려주는 내용이었다. 나는 내방에서 책 한 권을 할머니 방으로 몰래 들고 가 책상을 넘겼다. 백여 쪽을 넘기니 A형이랑 B형이 결혼하면 모든 혈액형이 나올 수 있다는 말이 보였고, 그 밑에는 O형은 다른 혈액형이랑 결혼하면 A, B, O형은 나올 수 있지만, AB형은 절 때 나올 수 없다고 적혀 있었다. 큰아빠는 O형이었고 형은 AB형이었다. 믿을 수가 없었다.

저녁에 밥을 먹는데 가족들에게 물었다. 그런 것 아니라고 말해 주기를 바랐지만 가족들은 아니라는 말없이 어색하게 웃으며 밥이나 먹으라고 했다. 그 순간 내 말이 틀리지 않았음을 직감했다. 마음이 녹아내리는 아이스크림처럼 주저앉았다. 내 마음을 어떻게 정리할지 몰라 아무도 없는 방에 들어갔다.

이 상황을 어떻게 받아들여야 할지 몰라 혼란스러웠다. 마음 한편에는 사촌이라는 관계에 금이 가는 것 같았고 그런 이미지가 그려지면 마음이 아렸고 고통스러웠다. 이런 모습이 내가 원하는 것은 아니었다. 그때 문득 친척의 의미가 떠올랐다. 친한 친구가 가족처럼 가까워질 수 있는 것처럼 피가 섞이지 않았어도 내가 형으로 받아들이고 있다는 사실이 더 중요하지 않을까? 내게는 형의 존재가 훨씬 더 중요했다. 그렇게 형을 마음으로 안았다.

할머니와 할아버지가 모두 돌아가신 다음 날 친척 간에 묶은 갈등이 터졌다. 아버지와 형제들은 서로 크게 다투었다. 명절에는 큰집에 가곤 했지만 몇 해를 가시던 아버지도 지치셨는지 이제 그만 가겠다고 하셨다. 어른들의 싸움이었다. 그 싸움이 우리 대까지 영향을 주는 건 싫었다. 그 뒤로 명절마다 큰집에 혼자 찾아갔다.

아버지가 없이 가는 큰집은 지독하게 외로웠다. 그런데도 가겠다고 결심한 건 형 때문이었다. 형과는 예전처럼 지내고 싶었고 힘들어도 이렇게 계속 만나면 형과 나 사이는 편해지지 않을까 싶었다. 하지만 어느덧 내가 받아들일 수 있는 무게를 넘어섰고 오랫동안 고민한 끝에 형에게 먼저 전화를 걸었다.

"형…, 나 이제 명절에 안 가려고 해."

"뭐? 명절에는 와야지…, 임마!"

"알아…. 그런데 쉽지가 않네…. 그래도 형에게 먼저 연락하는 게 좋을 것 같아서. 형 만나서 이야기하고 싶어."

"그려 알았다."

형은 그날 이후부터 연락을 받지 않았다. 내가 결혼한다고 하던 날 형에게 전화를 걸었을 때도 신호음은 가지만 전화를 받지 않았다. 어느 날 우연히 길가에서 형의 뒷모습을 봤다. 형은 두 손에 커피를 들고 당구장 쪽으로 뛰어가고 있었다. 내가 불렀다면 "야! 임마, 어디 가냐?"라며 아무 일 없던 것처럼 말해 줄 것 같은데 내겐 그럴 용기가 없었다.

존재 코칭을 하면서 우연히 이 이야기를 할 기회가 있었다. 처음 대화를 나누는 분이었지만, 그날은 웬일인지 그동안 있었던 이야기를 다 꺼냈다. 내 이야기를 가만히 듣고 난 선생님이 그러셨다.

"형을 사랑하시네요."

실은 연락을 안 받은 형이 밉기도 했었다. 길가에서 형을 보고도 부르지 못한 나를 용기 없다고 스스로 나무라기도 했다. 그냥 안 보고 살까 했지만, 형이 종종 그리워지고 보고 싶었다. 하지만 선생님이 '사랑'이라고 이름 붙여주자 내가 했던 모든 일에 새로운 에너지가 생겨났다. 오랫동안 해결되지 않고 나를 괴롭혔던 감정들이 나를 고통스럽게 만드는 감정이 아니라 사랑이라는 이름으로 사촌 형을 바라보고 있음을 깨달았다. 그러고 나니 앞으로 형과의 만남이 그려졌다. 상상 속 나는 형과 우연히 만났지만 밝게 웃고 있었고 예전처럼 서로 농담을 주고받고 있었다.

문득 내 안에 두려움이 있었다는 마음이 올라왔다. 형을 떠올리면 안타깝고 속상한 마음이 먼저 들었는데 사랑이라 정의하니 그렇게 느껴졌던 감정이 정화되는 기분이 들었다. 이런 두려움이 걷어지니 형을 진심으로 마주할 힘이 생겼다. 나는 형을 사랑한다.

정말 미안합니다

김한진

어느 봄, 소규모 농촌 학교로 발령이 났다. 발령 첫날 교감 선생님이 나를 불렀다. 보통 업무 이야기를 하는데 D 이야기였다.

"선생님 손을 타지 않아요."

"수업 시간에 책상 밑을 기어 다녀요."

"선생님 정말 힘들 거예요."

"애가 말을 안 들어요."

얼마나 대단한지 만나기도 전인데 D가 머릿속에 그려졌다.

새 학기 첫날 아침, 문을 열고 반에 들어갔다. 문이 내가 생각한 것보다 너무 쉽게 열리고 쾅! 닫혀서 좀처럼 적응이 안 됐다. 문 닫는 소리가 방음이 되지 않는 교실 벽면을 때리며 울렸다. D는 쌍꺼풀 없는 큰 눈을 가진 아이였다. 게슴츠레하게 눈을 반만 뜨고 턱을 약간 올린 채 나를 바라보고 있었다. 활동할 때 주변을 두리번거리며 약간 산만해 보였지만 선해 보이는 모습이 좋았다.

수업 시간에 과제를 할 때였다. 아이들은 시간에 맞춰서 과제를 제출했지만 D는 내지 않았다. 불러세워 언제까지 할 건지 물었다. 쉬는 시간까지 제출하겠다고 했다. 그러고는 쉬는 시간이 되자 교실 밖으로 뛰쳐나갔다.

"D! 방금 전 하겠다고 말했는데 어떻게 된 거니?"

"놀고 하려고 했어요."

"과제는 이번 시간에 제출해야 하는 거였어. 지금 해야 해!"

"아…! 네!"

D는 주로 말만하고 제출하지 않았다. 방과 후에도 남아서 하고 가는 일이 많았다. 모르는 것이 있으면 물어보라고 해도 묻지 않은 채 한참을 두리번거리다가 내가 퇴근할 때가 되어서야 다 하지 못한 과제를 제출했다. 다음날도 그대로였다. 이런 일이 반복되니까 슬슬 답답함이 올라왔다.

도대체 어떤 사연이 있어서 과제를 하지 않는 것인지 알고 싶었다. 가정에 상담을 요청해서 사정을 들어봤다. 아이는 게임에 빠져있었다. 집에서 관리가 되면 좋겠지만 바쁜 일과 속에서 아이의 생활을 관리하는 게 쉽지 않다고 부모님은 오히려 내게 도움을 청하셨다. 사정을 듣고 나니 책임감 같은 것이 생겼다. 하지만 생활 습관은 잘 변하지 않았다.

"D! 과제 해오기로 했지?"

"네"

"과제 안 해오는 이유가 뭐야?"

"네"

"네? 지금 네라고 했어?"

"네? 아니요. 죄송합니다."

"너 지금 뭐 하는 거야?"

책상을 탁! 하고 쳤다. 화는 한 번 폭발했더니 그동안 쌓였던 답답함을 모조리 풀고 싶었는지 과거의 일까지 내뱉었다. 한 번 나온 화는 주워 담을 수가 없었고 아이를 계속 몰아붙였다. 말을 멈춰야 할 것 같았다. 하지만 멈춰지지 않았다. 혼날 만하다고 합리화하기도 했다.

'아 지금 이렇게 되면 혼내는 걸 멈출 수가 없는데 어떻게 하지? 이 정도면 애가 잘못한 거지. 잘못했잖아. 혼나야지. 당연히 혼날 일인데 아이는 받아들일 거야. 예전에 다른 아이도 그랬어.'

한참 혼을 내고 나니 몇십 분이 지나있었다. D를 보내고 텅 빈 교실에서 혼자 의자에 기댔다. 혼날 일이라고 생각했지만 마음이 편하지 않았다. 다음 날 D는 평소처럼 날 대해줬다. 그런데 나는 그러지 못했다. 사과를 생각해보기도 했지만 아이의 잘못이라는 생각이 올라왔다. 그렇게 하루 이틀이 지나니 그런 마음도 섬섬 희미해졌다. D에게 전보다 더 쉽게 화냈고 마음에 찔렸지만 아이 탓으로 돌리며 외면했다.

그쯤이었다. 권영애 선생님의 강의를 들었다. 연수 내내 마음으로 울었다. 아이를 있는 그대로 바라봤는지, 사랑한다고 표현하며 아이를 사랑의 에너지로 대했는지 D에게 미안했고 용서를 구하고 싶었다.

월요일 아침, 1교시가 시작하기 전 아이들에게 양해를 구하며 말을 꺼냈다. 첫마디가 잘 나오지 않았다. 고개를 숙였고 입술이 흔들렸다.

"얘들아 실은 선생님이 너희들에게 할 이야기가 있어. 선생님이 너희를 만날 때 52가지 미덕이 들어있다고 말했었지? 실제로 그것이 너희들 안에 있다고 그랬어. 그런데 선생님이 그렇게 말해놓고 정작 너희들을 믿지 못한 것 같아. 너희들은 귀하고 소중한 존재야. 선생님이 잘못했어. 정말 미안해 진심으로 미안합니다."

"D야! 선생님이 정말 미안해. 너한테 모질게 대한 것 같아. 네 안에 소중한 보물들이 있다고 했으면서도 그렇게 대하지 않았어. 넌 참 귀하고 소중한 존재야. 너 안에는 소중한 보물들이 들어있어. 선생님이 경험해서 알아. 네가 믿으면 그걸 깨울 수 있어. 선생님이 계속 알려줄게."

깊이 고개를 숙이며 뺨에 눈물이 흘렀다. 입술과 얼굴이 떨렸다. 그때 D의 얼굴에도 눈물이 흘렀다. 내 마음이 전해진 것 같았다.

가끔 내가 아이를 강하게 당기면 아이가 당연히 끌려 올 거라고 착각할 때가 있다. 화풀이같이 내 감정에 사로잡히면 나의 오만함과 부족함이 이런 생각을 더 부채질한다. 중요한 건 존재 자체의 인정, 존재의 아름다운 발견이었다.

연결되는 느낌

이혜선

　몇 해 전부터 새 학기가 시작되는 첫날 반 아이들을 만나면 꼭 하는 활동이 있다. 선생님께 궁금한 것을 색종이에 써서 비행기로 접어 날리면 하나씩 펼쳐서 답해주는 것이다. 나는 '정직하게 대답하자'라는 원칙을 정했다. 매년 비슷한 질문을 받는데 아이들은 선생님이 어릴 때도 선생님이 되길 원했는지 궁금해한다. 그 질문을 받을 때면 나도 모르게 거짓말을 하고 싶어진다.

　'당연하지, 선생님은 어릴 적부터 아이들을 좋아해서 선생님이 되고 싶었어. 꿈을 이뤘지.'라고 말이다. 하지만 원칙을 지키며 정직하게 말한다.

"아니, 선생님의 꿈은 선생님이 되는 것은 아니었어. 성적에 맞게 대학에 진학했고, 선생님이 되었지."

새 학기 첫날 큰 기대를 품고 등교를 했는데 선생님이 되고 싶지 않은 사람이 담임이라니, 아이들의 실망 가득한 눈빛이 고스란히 느껴진다.

나는 어른의 말에 순응하며 별 말썽 없이 학창 시절을 보내던 조용한 아이였다. 성취 욕구가 큰 것도 아니었고 뛰어난 열정이 있는 것도 아니었다. 성적에 맞추어 안정적인 직업을 찾아 교대에 갔고, 졸업하자마자 바로 발령을 받아 지금까지 왔다. 교직 생활 중에도 큰 성취 욕구는 없었다. 학생의 본분으로 공부를 했듯 교사의 본분으로 책임을 다하며 수업을 할 뿐이었다.

이런 나를 변화시킨 건 2018년의 아이들이었다. 새로 옮긴 학교에서 맡게 된 6학년 아이들은 내가 가르친 어떤 아이들보다 힘들었다. 반 구성원의 개성이 다양했고, 특히 자기중심적이며 수업을 방해하는 아이들이 많이 있었다. 처음에는 정말 잘 해보고 싶다는 큰 기대를 품고 아이들을 만났었는데 시간이 흐를수록 그 기대는 무너졌고 아이들과 나와의 거리는 점점 더 멀어져 갔다.

다른 반 선생님들도 대부분 힘들어하는 모습을 보이셨다.

하지만 유독 옆 반 A 선생님은 반 아이들과 매우 잘 지내고 계셨다. 그 반 아이들은 선생님을 무척 잘 따랐고, 선생님을 좋아하는 게 눈에 보였다. 우리 반 아이들과는 상반된 반응을 보이는 그 반 아이들을 보며 나는 점점 더 작아져 갔다. 나와 별다른 것 없어 보이던 그냥 평범한 선생님이었는데 A 선생님은 반 아이들과 일 년을 성공적으로 보냈고, 난 그러지 못했다. 물론 옆에서 어떻게 아이들에게 하시느냐고 물어도 보고 A 선생님도 학급 운영에 대해 이야기해 주셨지만 특별할 것이 없다고 생각했다.

'나도 A 선생님과 같은 마음인데, 아이들을 생각하고 잘 지내고 싶은 마음은 같아. 그런데 왜 우리 반 아이들은 내 마음도 모른 채 나를 힘들게 하고, 그 반 아이들은 선생님을 좋아하고 따를까?'

답답했다. 그 답을 찾고 싶었다.

답을 알고 싶어 찾아 헤매던 중 『자존감 효능감을 만드는 버츄프로젝트 수업』이라는 책을 읽고 나서야 깨달았다. 답은 이미 내 안에 있다는 것을, 답을 꺼내기 위해 내가 변해야 한다는 것을 말이다. 지난날 나는 직업인 교사로 살며 아이들과 연결되지 못해 느꼈던 외로움을 아이들 탓으로 돌렸다. 내 탓이 아니라고, 나는 열심히 했는데 저 아이들이 받아들이지 못하는 것으로 생각했다. 그러나 지금은 그때와 다르게 존재로서 아이들을 맞이하고, 아이들을 탓하지 않는다.

『자존감 효능감을 만드는 버츄프로젝트 수업』을 통해 나의 내면을 들여다보는 법을 배웠고, 아이들의 내면을 이해하는 법을 배웠다. 사랑의 언어로 소통하는 법을 배웠고, 아이들이 가지고 있는 고유한 힘을 믿게 되었다. 이 믿음은 미약하지만 은은하게 아이들에게 전해졌고, 연결되는 느낌을 받는 아이들이 생겨났다. 아이들의 성장을 보며 나도 함께 성장함을 느낀다. 아직도 많이 미흡하고 때로는 실수도 하는 교사이지만 『자존감 효능감을 만드는 버츄프로젝트 수업』을 알기 전과는 비교할 수 없을 만큼 달라졌다. 어려움은 나를 성장하게 했고, 더 나은 교사가 되는 길을 찾도록 이끌어 주었다. 그래서 난 다시 정직하게 덧붙여 아이들에게 이렇게 마무리한다.

"그렇지만 지금은 선생님이 된 것에 너무 만족해. 이렇게 아이들을 만나고 함께 배우며 지내는 일이 정말 즐겁단다. 선생님이 되길 잘한 것 같아."

드디어 안도하는 아이들의 눈빛, 그 눈빛을 보며 새 학기를 시작한다.

빛이 되고 싶다

임오선

연극이 좋아 대학원에서 아동··청소년연극을 전공했다. 하지만 아이들과 쉽사리 연극에 도전할 순 없었다. 대본, 무대, 음향, 소품 등 교사의 부담이 워낙 크기 때문이다. 2021년 어느 날, 대학원 선배가 '어린이 연극 잔치' 교사운영위원회를 같이하자고 제안했다. 전에 어린이 연극 경연 대회에 나갔을 때 전문가의 심사평에 상처받은 적이 있다. 올해부터는 교사 주축으로 '경연대회'가 아닌 '잔치'를 연다고 하니, 그 취지가 좋아 덥석 같이하겠다고 했다.

사실 연극은 내가 아이들에게 해 먹이는 요리 중 가장 자신 있는 요리다. 아이들이 제일 좋아하고 맛있게 먹는 요리이기도 하다. 밝고 순수한 에너지를 가졌기에 놀이와 닮은 예술인 연극이 잘 맞는 것 같다.

　우리 반에 다크한 에너지를 뿜어내는 어둠 대마왕과 학습에 잘 참여하지 않는 무기력 대마왕이 특별히 연극을 좋아했다. 둘은 캐스팅 희망서에 당당하게 주인공을 써냈고 오디션을 봤다. 책상에 앉아 문제를 풀고 글을 쓰는 평소 수업 시간과 달리, 인물의 대사를 하며 움직이는 둘의 모습은 생동감이 넘쳤다. 쉬이 보여주지 않는 열정이 보였다. 하루 만에 대사를 다 외우고 쉬는 시간에도 연습했다. 연극을 준비하는 동안 아이들은 신이 났고 교과 선생님들도 인정할 만큼 긍정적으로 변했다. 아이의 변화에 분명 연극이 한몫했다.

　"애들아, 연극을 잘하려면 뭐가 필요할까? 연기력? 아니야, 잘 놀아야 해. 너희는 삶이 연극이기 때문에 연기를 따로 연습할 필요가 없어. 대신 무대 위에서 정말 재미있게 놀아야 보는 사람도 그 에너지를 받는 거야."

　"애들아, 연극에서 가장 중요한 건 액션-리액션이야. 공을 주는 사람이 있으니까 받는 사람이 있겠지? 배우의 기본은 경청이야. 내가 대사를 한다고 생각하지 말고 상대방의 말과 행동에 반응한다는 생각으로 연기해야 해."

　"애들아, 우리 작품이 어떤 평가를 받던 선생님은 너희가 너무 자랑스러워. 사실 선생님은 이번이 세 번째로 대회 나가는 건데, 너희처럼 다 같이 긍정적으로 열심히 하는 아이들은 처음이야. 누가 실수해도 격려해주고, 공연만 보는 사람은 과정이 눈에 보이지 않으니까 다른 것으로 평가하겠지만, 너희들은 최선을 다했다고 선생님은 자신 있게 얘기할 수 있어."

연극에 빗대어 내가 삶에서 가장 중요하게 생각하는 가치들과 아이들을 향한 내 마음을 고백했다. 아이들은 의상과 소품을 손수 만들며 정말 열심히 준비했고, 성공적으로 공연을 마쳤다. 연극은 그렇게 우리 반이 하나로 모이는 데 중요한 기점이 됐다.

공연이 끝난 후 더 큰 감동이 기다리고 있었다. 원작인 『내 멋대로 반려동물 뽑기』의 최은옥 작가님이 우리 반에 선물을 보내신 것이다. 작가님의 신간 2권과 A4용지 두 장에 빼곡히 적힌 편지, 그리고 아이들 한 명, 한 명에게 보내는 친필 사인지였다.

"우리 친구들이 긴 시간 동안 얼마나 많은 준비를 하고 친구들과 호흡을 맞추고, 열심히 연습했을지 눈에 선하네요. 연극이라는 게 혼자서 하는 일이 아니고, 여럿이 의견을 나누고 배려하고 소통하면서 하나하나 조율해 나가는 일이라, 쉽지 않았을 텐데 그런 과정을 멋지게 해낸 여러분이 정말 대견하고 예뻐요. 여러분이 너무 자랑스러워요!

　그리고 무엇보다 친구들이 환하게 웃는 표정을 보니 다 함께 정말 마음껏 즐기고 있는 것 같아서 흐뭇하고 보기 좋았답니다. 무슨 일이든 마음으로 즐기면서 하는 건 중요한 것 같아요. 또 친구들을 응원하고 사랑하는 선생님의 따뜻한 마음이 곳곳에 보여서 절로 미소가 지어졌어요. 좋은 선생님이 곁에 계셔서 '우리 친구들은 참 좋겠다.'라는 생각도 들었답니다."

　저작권이 마음에 걸려 출판사에 전화해 공연 사실을 알린 것뿐인데 이런 마음 씀씀이라니!

　'이렇게 품이 넓은 사람이 아이들을 위하는 마음, 사랑하는 마음을 글로 담아내는 동화작가가 될 수 있구나.'

　내 마음을 몇 배로 돌려받은 것 같아 꽤 오래 행복했다.

　내가 연극을 사랑하는 이유는 상상이 무대에서 실현되는 걸 보는 게 좋기 때문이다. 나는 본래 꿈꾸고 상상하는 걸 즐긴다. 올해 아이들이 보여 준 모습은 내게 많은 영감을 주었다. 나는 교사로서 나의 존재를 '빛'으로 상상했다.

　나는 빛이다. 때론 배움의 길을 밝혀주는 등불이기도 하고, 때론 아프고 숨고 싶은 마음을 따뜻하고 잔잔하게 비춰주는 달빛이기도 하다. 삶에서 꼭 필요한 자양분을 건네주는 햇빛이기도 하며, 바람 앞에 위태롭게 흔들리나 절대로 꺼지지 않는 촛불이기도 하다. 내가 만나는 아이들은 나의 빛을 각자의 프리즘에 통과시켜 자기만의 고유한 빛깔로 바꾼다. 그렇게 모인 빛은 학급 공동체에서 우리만의 빛깔을 만들어낸다. 우리는 따로 또 같이 존재하며 빛과 같이 나아간다.

내 아이의 학교를 찾아서

유영주

현재 내 아이는 비인가 대안학교에 다닌다. 예전에는 나와 남편 모두 대안 교육에 관한 관심은 거의 없었다. 처음 입학은 집 옆에 있는 공립 학교였다. 아들은 입학한 후 종종 문제를 일으켰다. 다른 아이를 때리거나 쉬는 시간이 너무 시끄럽다고 화를 내기도 했다. 평범하지 않은 애를 위해서 병원도 가보고, 언어, 인지, 놀이 치료를 시켜보기도 했다. 병원에서는 자폐라고 하기도 하고 아니라고 하기도 했다. 다행히 1학년 담임선생님이 전에 같이 근무했던 분이라서 많이 이해해주고 지도해주셨다.

그해 여름방학 때 뇌 타입과 양육방식에 관한 책을 우연히 읽었다. 내가 이해할 수 없던 아이의 특징이 정확하게 나와 있었다. 바로 저자를 찾아가 아들에 대해 상담했다. 저자의 연구소에서는 부모와 자녀의 뇌 타입을 검사한 후 아들의 뜻을 존중하는 방향으로 양육하기를 권했다. 규칙과 질서를 중시하던 방식에서 아이의 뜻대로 따라주기로 결정했다.

그 후 2학기 아침마다 나와 아들의 실랑이가 벌어졌다.

"오늘은 학교 가야지. 제발, 이번 주에 한 번밖에 등교 안 했잖아."

"지금 일어나지 않으면 9시까지 못 가. 지각하는 것은 네가 싫어하잖아."

아이는 일어날 생각을 하지 않고 짜증을 내고 돌아누웠다. 내 마음이 바짝 타들어 갔다. 손으로 싹싹 빌다시피 사정을 해야 아이가 겨우겨우 일어났다. 옷 입히고 가방 들어주는 온갖 시중을 들면서도 난 아이의 표정을 살피며 학교 현관문까지 데려다주었다. 출석 인정되는 체험 학습을 모조리 사용하고도 결석은 20일이 넘었다.

아이가 2학년 될 때, 남편은 육아휴직을 결심했다. 3월 한 달은 간신히 등교가 이루어졌다. 4월 어느 날 수업이 끝났을 때 아이는 엄청나게 통곡했다. 아들이 이유를 말하지 않아 무슨 일인지 알 수 없었다. 추측만 할 뿐이었다. 그 후 아들은 학교를 거부하기 시작했다. 남편의 거친 말로 등교시키기, 1교시 끝나고 조퇴하기, 특수기관에 가서 진단, 치료 등등을 했지만 5월에도 등교 거부는 이어졌다. 그 상황에서 선생님의 가정방문, 의무교육 관리위원회 출석 등 행정절차를 거쳐 학교생활은 2학년 1학기가 마치기 전에 끝이 났다. 어찌할 바를 몰라 절망적이었다.

아들은 집에 있으려고만 하고 불규칙하게 생활했다. 그나마 남편이 다그쳐서 뉴로피드백을 시작했다. 뉴로피드백은 기계를 이용해 뇌파를 조정하도록 훈련하는 방법이다. 아이의 뇌파 일부분이 스트레스를 많이 받고 있다고 했다.

'나만 힘든 줄 알았더니 너도 힘들었구나. 그래, 네가 좀 덜 힘든 방향으로 해보자.'

다음 해 새로 갈 학교를 찾기 시작했다. 2학년을 제대로 못 마치고, 평범하지 않은 아이가 다닐 학교. 여러 대안학교, 6학급 학교 등을 검색했다. 가을에는 대안학교들의 학교 설명회에도 참여했다. 고민 끝에 마음에 드는 한 학교에 원서를 냈지만 불합격이었다. 그 학교에서 뽑는 인원이 적었으니 당연한 결과였다. 내심 합격을 기대한 나는 다시 절망을 느꼈다.

그 후 남편과 내가 식탁 앞에 앉아 있었던 기억이 떠오른다. 얼굴은 마주 보고, 가까이 앉아 있지만 서로 말 없는 모습. 아이 학교를 어떻게 할지 몰라서 고민하는 말을 서로 꺼내기 주저했다. 밖은 밝은 푸른색이었지만 마음은 정반대였다. 점점 기온이 내려가는 만큼 표정도 굳어졌다.

'부모 중 한 명이 직장을 그만두고 애를 돌봐야 할까?'

검색을 계속했다. 뭐라도 하지 않으면 마음이 불편했다. 아주 우연히 어느 대안학교의 카페를 발견했다. 토요일이었어도 학교에 연락했다. 다시 전화가 오기 전까지 계속 집안을 서성거렸다. 내 가슴이 두근거리고 호흡이 가빠졌다.

학교에 보내고 싶다고 최선을 다해 설명하고, 면접을 치른 후 아이가 학생이 되었다. 2019년 12월 적응 기간 동안 아들을 학교에 태워주고 데려오는 시간, 기다리는 시간은 하나도 힘들지 않았다.

학생은 총 스무 명이 안 되고, 시작한 지 4년 정도 된 학교라서 적응하는 데 도움이 되었다. 학교 선생님들이 아들을 문제아가 아닌 천천히 기다려줘야 하는 아이로 봐주고 있음에 감사했다. 집과 가깝지 않았지만 그래도 근처로 이사할 수 있어 감사했다. 아이는 천천히 적응하기 시작했다. 지금은 매일 등교하고 숙제를 하려고 노력한다. 올해 아들은 2박 3일 수학여행에 스스로 참여한다고 해서 나를 놀라게 했다.

희망이 안 보이던 어두운 시간이 지났다. 그 시간을 통해 난 인내와 감사를 배웠다. 제 시각에 일어나 등교하고 평범하게 학교생활을 해주는 것이 얼마나 고마운지 느낀다. 아이가 성장하는 만큼 나도 성장하고 작은 것에도 감사한다. 가끔 아이에게 말한다.

"고마워, 사랑해."

페이스북을 지우다

송윤희

처음 페이스북에 가입했을 때는 싸이월드 시작할 때처럼 재미있었다. 페친이 대부분 아는 교사라 공감되는 이야기가 많았다. 군이 일일이 들어가지 않아도 갖가지 이야기가 떴다고 저절로 알려주니, 이것저것 읽다 보면 시간 가는 줄 몰랐다.

그렇게 페이스북을 즐기다 보니 페친(페북 친구) 중에 소위 인기 강사로 유명한 교사가 많아졌다. 여러 연수를 다니다 보니 조금씩 추가하게 된 것이다. 마치 연예인 같은 교사의 이야기를 실시간으로 알게 되는 것은 참 매력적인 일이었다. 그들과 서로 '좋아요'나 댓글을 달 정도로 친분이 생기면, 내가 더 의미 있는 사람이 된 것 같은 착각이 들기도 했다.

그런데 언제부터인지 페이스북 애플리케이션에 뜬 알람이 불편해지기 시작했다. 텔레비전에서 연예인의 화려한 생활을 보다 보면 그렇지 못한 자기 현실에 절망하는 사람들이 있다. 그와 비슷하게, 페이스북에 실린 여러 글을 보면 세상에 수업 잘하는 교사가 너무 많아 나랑 비교가 되었다. 또 학부모, 학생들의 열렬한 사랑을 받는 교사가 부럽고 엄청난 스펙을 쌓는 교사들을 보면 나만 뒤처진 것 같아 한심해지기도 했다.

'나도 애쓰는데 왜 나는 이런 결과가 없지?' 할 때도 있고 '뭐 이런 것까지 올리지?' 하며 꼴 보기 싫은 날도 많았다. 싫으면 안 보면 된다는 마음이 들다가도 왠지 모를 불안감에 매일 접속했다.

어떤 날에는 페이스북을 보며 망상에 빠지기도 했다. A 교사처럼 아이들을 다양한 수업 방법으로 지도한다. B 교사처럼 학부모와 유머러스하면서도 따뜻하게 상담하며 C 교사처럼 힘들이지 않고 학교폭력 문제를 척척 해결한다. 그렇게 여러 사람에게 인정받고 사랑받는 자랑스러운 나를 꿈꿔 보는 것이다.

그러나 나는 애초에 A, B, C와는 다른 사람이기 때문에 그 망상의 끝은 '자기 부정'만 남았다. '나는 안돼', '나는 못 해.' 그렇게 애증의 감정으로 페이스북을 읽던 어느 날, 매일 습관적으로 누르게 되는 영혼 없는 '좋아요'는 참아도 거짓 '좋아요'를 더는 견딜 수 없었던 나는 페이스북 애플리케이션을 지웠다. 지우면서 내게 물었다. '도대체 나는 SNS가 왜 이렇게나 괴로운 거지?' 알 수 없는 답답함이 싫어 그대로 잊으려고 노력했다.

그러던 어느 날, 권영애 선생님의 "보이지 않는 시간도 이미 사랑이다."라는 말을 들었다. 내 이야기인 것 같아서 가슴이 두근거렸다. 누군가 알아주지 않아도, 멋진 상을 받거나 텔레비전에 나오지 않아도, 누군가 '참 좋은 선생님이네요.'라고 이야기하지 않아도 괜찮다. 오히려 학부모가 마지막 날까지 '네가 교사냐, 똑바로 해라!'라고 말하더라도 교사로 살아온 순간들은 사라지지 않는다. 그 순간도 이미 사랑이었다. 그런 거였구나. 누군가 손뼉 쳐주고 칭찬해주지 않아도 괜찮다.

내 시간의 대부분은 기록되지 않고 공유되지도 않는다. 아이들이 삐뚤삐뚤 접어 준 하트 색종이는 책상 위에 어느 정도 머물다가 사라진다. 선생님이 세상에서 제일 좋단 아이의 고백도 일 년만 지나면 나의 것이 아니다. 해마다 몇백 시간의 연수를 듣지만, 머리에 남는 건 거의 없다. 물론 몇몇 순간은 기록해두겠지만 그렇다고 나의 교직 인생이 어땠는지 돌아볼 때 '좋아요'나 댓글 수로 비교하고 싶지는 않다.

모든 순간을 흘려보내도, 아무도 고마워하지 않아도, 나조차 기억하지 못해도 내가 누군가를 격려하고 몸이 힘들 만큼 노력하고 진심으로 웃어준 시간은 존재했다. 그것은 너무 고유하고 소중했는데 그 당연한 걸 몰랐다.

페이스북을 탈퇴한 것은 아니기에 가끔 지인들 새 글 알람 메일이 오면 접속할 때가 있다. 하지만 그 전처럼 페친들 글을 다 돌아보며 나랑 비교하지 않는다. 오히려 이 사람의 진짜 삶에 공감하고 응원해주고 싶을 때 진심이 담긴 '좋아요'를 누르고 댓글을 단다. 그리고 내가 진짜 하고 싶은 일을 한다. 페이스북 어플을 다시 깔지 않는 현명함도 유지하며.

그 아이가 찾아온 이유

허효정

　　자괴감으로 하루하루를 버텨나갔던 순간이 떠오른다. 그리고 그 중심에는 항상 한 아이가 있었다. 그 아이의 말과 행동으로 내 일상은 무너졌다. 그 아이로 인해 속상해하던 다른 아이들의 마음을 돌보는 것이 하루의 주요 일과였다. 때론 학부모님의 걱정과 염려를 덜어드리는 것이 더 버거웠다. 홀로 버티는 날들이 두렵고 외로웠다. 매일 아침을 맞이하며 오늘도 무사히 잘 지나가길 마음속으로 기도했다. 끝이 보이지 않을 것 같은 이런 일상이 쳇바퀴처럼 반복되었다. 어느새 몸은 지쳤고 마음은 우울했다.

나는 아이들을 꽤 사랑하는 교사였다. 늘 아이들에게 친절했고 교육에 대한 열정도 누구 못지않았다. 내 삶의 중심에는 항상 아이들이 있었다. 하루하루 배우고 성장하는 모습을 보는 것이 삶의 원동력이었고 행복이었다. 세상 그 어떤 상처도 다 안아줄 수 있다고 믿었다. 하지만 그건 오만이었다. 예측할 수 없었던 그 아이의 말과 행동은 내 안에 잠재된 화를 자주 마주하게 했다. 친절하고 사랑 많던 내가 사라지는 것 같아 두려웠다. 그 아이를 향한 일관적이지 못했던 나의 태도가 부끄러웠다. 겉으로는 걱정하며 이해하는 듯했지만, 속으로는 너무도 밉고 답답했다.

그렇게 버틴다는 마음으로 지냈다. 하루는 괜찮았고 또 다른 하루는 힘들었다. 그럭저럭 잘 따라주는 날에는 견딜만했다가 친구들을 괴롭히면서 웃고 있는 모습을 볼 때는 억장이 무너졌다. 반복되는 날들을 보내며 특별한 반전 없이 그렇게 그 해를 마무리했다. 마음 한구석이 구멍 난 것처럼 허전하고 아쉬운 한 해였다. 그 아이를 생각하면 아직도 마음이 아프다. 좀 더 품어주지 못해 미안한 마음이 반이라면 고군분투했던 그때의 나를 안아주지 못했던 아픔도 반이다.

그해를 마무리하면서 마음에서 보내오는 소리를 들었다.
'이대로는 안 돼. 잠시 멈추자.'
잠깐이라도 교실을 떠나고 싶었다. 머리와 마음을 가득 채

윘던 답답함으로부터 벗어나고 싶었다. 한계가 느껴졌다. 휴식이 필요했다. 간절함이 통했던 걸까? 그해 학습연구년제를 신청했고 감사하게도 합격을 했다.

학습연구년제 기간에는 학교생활에 어려움을 겪는 아이들을 개별 지원하는 프로그램에 참여해야 했다. 그 프로그램을 통해 세 명의 아이들을 만나게 되었다. 학교노 학년노 다 날랐지만 학습이나 생활교육 면에서 어려움이 컸었던 아이들이었다. 그렇게 세 명의 아이를 일주일에 한 번씩 만나며 일 년의 시간을 보냈다. 그중 한 아이가 유독 어려웠다. 그 아이를 만나러 가는 날은 더 두렵고 걱정이 앞섰다. 몸을 웅크리며 말을 하지 않을 때가 많았다. 과한 행동을 보이기도 하고 고집을 피우기도 했다. 어디로 튈지 모를 그 아이가 불편하기도 하고 걱정도 되었다. 그런 행동을 마주할 때면 교실에서 나를 힘들게 했던 그 아이가 저절로 떠올랐다.

만남이 거듭되고 점점 더 알아갈수록 불편한 마음보다 아이들의 상처에 마음이 더 아팠다. 왜 교실에서 뛰쳐나와 숨어 버리는지, 왜 높은 담벼락에 올라가는지 그럴 수밖에 없었던 마음을 이해하기 시작했다. 정성을 담아 눈을 맞추었고 말 한 마디 한마디에 집중했다. 있는 그대로의 모습으로 존중해주려고 노력했다. 그러다 보니 나를 잘 따라주었다. 나와의 만남을 기다려 주었다. 어색하고 힘들고 신경 쓰이던 부분은 어느새 사라지고 나도 모르게 그 아이가 사랑스럽고 기특하고 편안했다. 자세히 들여다보니 마음이 예쁜 아이들이었고 오랫동안 지내다 보니 사랑스러운 아이들이었다.

이 아이들을 만나면서 나의 일상을 무너뜨렸던 그 아이를 자꾸 떠올리게 되었다. 생각해보면 그 아이도 이 아이들과 별반 다르지 않았을 터다. 그때로 돌아가 있는 그대로를 바라봐 주었더라면, 있는 그대로 존중해주었더라면, 내 품에서 사랑받았더라면, 좀 더 공감해주었더라면…, 안아주지 못해 미안한 마음도 나를 잘 돌보지 못해 아쉬운 마음도 후회로 남아있지 않았을 텐데….

머리와 마음을 가득 채웠던 답답함의 원인을 그제야 알아차렸다. 답답함을 해결할 수 있는 나름의 답도 깨달았다. 겉으로는 사랑을 외쳤지만, 미운 내 속마음이 고스란히 전달되었을 것이다. 진실한 사랑이 아니었다. 겉과 속이 달랐다. 그래서 더 힘들었던 것이었다. 나와 달리 줄곧 진실한 마음을 보여준 아이들에게 오히려 더 부끄럽고 숙연해졌다. 표현은 서툴지만 진심 어린 관심과 사랑에 내가 더 행복했다.

겉으로 보이는 아이들의 모습이 전부가 아님을, 보이지 않는 모습이 더 크다는 것을 믿게 되었다. 믿어주는 만큼 믿어주는 모습으로 자랄 거라는 확신이 생겼다. 어쩌면 이 모든 게 그 아이가 나에게 찾아온 이유였을지도 모르겠다. 모든 것이 그 아이 덕분이다.

다시 그때로 돌아간다면 꼭 안아주고 싶다.

그 아이도 나도.

살고 싶다는 외침

김찬경

"노력했는가? 1점
도움이 되었는가? 1점"

"건의 사항
찬 샘 특강 없애라"

아이들이 쓴 한 학기 배움에 대한 자기 평가서를 꼼꼼히 읽어보았다. 반 아이들 대부분은 얼마나 자기가 멋지게 성장했고 행복하게 지냈는지 이야기하기 바빴다. 하지만 거의 모든 항목에서 최하점을 준 성호의 자기 평가서를 읽고 나는 한동안 아무 일도 할 수가 없었다.

괘씸한 마음과 부끄러운 마음이 동시에 올라왔다.

'내가 얼마나 잘해주었는데!'

'이 교실에서도 불평불만이라고?'

'다른 아이들은 다들 만족하는데 너는 왜!'

그러다가 아이의 평가서 한 부분이 눈에 들어왔다.

친구들을 좋아하는가? 10점

나를 좋아하는가? 1점

내 삶을 위해 노력하는가? 10점

내가 노력한 만큼 나아진다고 느끼는가? 1점

가만히 성호의 마음으로 들어가 봤다. 잠시 성호가 되어본다. 어느 순간 나도 모르게 주르륵 눈물이 났다.

'10만큼 노력했는데 1도 나아지는 게 없다고 나는 느껴본 적이 있었던가?'

아이는 절망적이라고, 살려달라며 소리치고 있었다. 좋아하는 친구들과 나도 함께하고 싶다고, 나도 잘하고 싶다고, 하지만 뜻대로 되지 않는다고 이야기하고 있었다. 엄청난 무기력감이 느껴졌다.

성호는 1학년 때부터 학교에 적응하지 못했다. 교실에 들어가기 싫다고 울고, 공개수업 때는 발표하기 싫다고 청소함에 숨어 나오질 않아 교사와 학부모를 당황스럽게 했다. 친구들과 잘 놀다가도 마음에 안 드는 일이 생기면 분노와 함께 거친 말을 쏟아냈다. 그래서 친구들은 성호를 부담스러워했다.

성호는 수업 시간에 다른 책을 자주 읽는다. 정중히 두세 번 요청해도 금세 또 꺼내서 읽는다. 그럴 땐 참 화가 나서 아이에게 자주 쏘아붙이곤 했다. 그런 순간이 한두 번이 아니었을 것이다.

나는 그래도 많이 좋아졌다고 관계가 맺어졌다고 아이를 힘으로 이끌어가려고 했다. 단호함이 필요한 상황이라 판단했었다.

'무조건적인 지지가 필요한 아이에게 지나치게 예의와 최소한의 존중이라는 잣대를 들이댄 것은 아닐까?'

성호의 마음을 이해하고 싶어 아내와 한참 관련 대화를 나눴다. 이야기를 나눌수록 성호의 마음이 선명하게 보였다. 그 마음과 함께 내가 놓친 수많은 기회도 떠올랐다. 방학까지 남은 일주일 동안 성호에게 무조건적인 지지를 보냈다. 더 따뜻하게 인사하고, 더 부드럽게 이야기했다. 다른 책을 읽을 때도 "책을 집어 넣어줄래?"라고 이야기하고 더는 강요하지 않았다. 아이의 마음이 보이니 똑같은 어긋난 행동을 해도 화가 나지 않았다. 당장 수업 규칙을 지키는 게 중요한 문제로 여겨지지 않았다.

성호가 존재감을 드러내는 순간들을 놓치지 않고 칭찬하고 격려했다. 그리고 방과 후에는 성호가 좋아하는 보드게임을 하며 어울렸다. 나도 웃고 성호도 많이 웃었다.

일주일도 지나지 않아 조금씩 변화가 찾아왔다. 놀랍게도 성호가 방학 전날 마니토 선물 교환식에 마니토에게 어떤 선물을 줄지 모르겠다며 고민 요청을 해왔다. 내가 좀 편해진 것 같았다. 그리고 성호는 학급 마무리 파티에서 자발적으로 큐브를 가지고 장기자랑을 선보였다. 장기자랑이 끝난 순간 쑥스러움에 친구들을 향해 얼굴도 못 들었지만 아이 입가에 지어진 작은 미소를 나는 보았다.

1학기를 마무리하는 롤링페이퍼 구석엔 "선생님이 6학년에도 담임이 되었으면 좋겠네요." 하고 무심하면서도 다정한 글을 조그맣게 남겨주었다.

'아, 이거였구나.'

성호 부모님께 전화를 걸어 그간 있었던 일을 말씀드렸다. 이야기를 듣던 어머님도 실마리를 찾은 것 같다고 하셨다. 자신의 원칙적인 태도와 훈육이 둘째와 달리 성호는 거부감이 심해서 어찌해야 할지 몰랐는데 나와 대화하고 마음이 시원하다고 하셨다. 어머님은 방학 동안 공부에 대한 기대와 규칙 다 내려놓고 성호와 마음으로 대화 나누는 데 집중하시겠다고 했다. 그리고 성호가 좋아하는 친구들을 매일 집에 불러 성호가 친구들과 함께 보낼 수 있도록 하겠다고 하셨다. 친구랑 놀고 싶지만 어머님이 허락하실까 걱정하던 성호의 모습이 떠올랐다.

'성호가 정말 좋아하겠구나.'

나는 너무 기쁘고 안심이 되었다. 허공을 맴돌던 성호의 신호가 이제야 닿아야 할 곳에 제대로 전달이 되었구나 싶었다. 성호는 알까? 이 모든 게 자신의 외침으로부터 시작된 변화라는 것을.

성호에게 어떤 변화가 있을지 미지수다. 하지만 내 마음의 변화는 상당하다. 더 겸손하게, 아이의 주파수에 맞춰 더 아이에게 다가가려 한다.

"성호야, 정말 미안하다. 그리고 고맙다."

서로의 존재를 아름답게 비출 때

내가 느낀 행복은 온전히 줄 수 있다

김지영

아이들에게 리코더를 가르쳐야겠다고 생각한 건, 내가 리코더를 불면서 느꼈던 행복을 아이들도 느끼도록 해주고 싶어서였다. 음악 자체가 주는 행복, 연주를 들려주면서 느꼈던 행복, 그리고 앙상블을 하면서 동료와 교감하면서 느꼈던 행복 말이다. 매년 우리 반 아이들에게 리코더를 가르쳤다. 아이들은 리코더를 배우고 나면, 쉬는 시간에 삼삼오오 모여서 리코더를 불었고, 전학생이 오면 리코더를 가르쳐주면서 친해졌다. 우리 반에서 리코더는 악기 그 이상이었다.

'이렇게 좋아하는 리코더, 실컷 불게 해주자'

여름방학 리코더 캠프를 기획하였다. 여름방학이 시작되자

마자, 이틀간 아침 9시부터 오후 4시까지 신나게 리코더를 불었다. 아니 4시에도 끝을 못 내는 몇몇 아이들은 "선생님이 위에 거 불어주세요. 저희가 아래 거 할게요." 하며 연주를 계속했다. 이듬해에는 사흘로 늘렸다. 마지막 날은 학부모님, 학교에 계신 선생님들을 모셔놓고 연주회도 했다.

아이들을 위해 테너, 베이스 리코더를 자비로 사기 시작했다. 합주 경험을 시켜주고 싶은 마음에 사다 보니 우리 반 합주단을 만들 정도가 되었다. 합주하면서 아이들은 스스로 매우 자랑스러워했고, 함께 만든 음악을 뿌듯해했다. 학부모님을 모시고 연주회도 하고, 함께 리코더 음악회도 가고, 합숙 리코더 캠프도 하면서 아이들은 자연스럽게 리코더에 빠져들었다. 우린 서로가 좋은 건지 리코더가 좋은 건지 헷갈릴 정도로 재미있게 리코더를 연주했다. 그렇게 하기를 4년째가 되니까 교장 선생님께서 나를 교장실로 부르셨다.

"김 선생, 그렇게 학교에서만 연주할 게 아니라 대회를 한번 나가보면 어때? 동상 탄다고 생각하고 한번 나가보지?"

내가 아이들에게 리코더를 가르치면서 대회에 나갈 생각을 하지 않았던 이유가 있었다. 대회에 나가기 위해 쏟아야 하는 에너지도 부담스러웠지만 무엇보다 아이들이 리코더 대회 곡 한 곡만 계속 연습하면서 리코더를 지겹게 느끼게 될까 봐 그

것이 싫어서였다. 아이들이 리코더를 스트레스로 느끼는 것은 생각만 해도 끔직한 일이었다. 하지만, 생각을 바꿔 보기로 했다.

'아닐 수도 있잖아? 우리 아이들은 다를지도 몰라. 그리고 큰 무대에 서 보는 것만으로도 대단한 경험일 거야. 아이들이 원한나면 그런 뿌듯한 경험을 할 수 있게 해주자.'

먼저 의사를 물었다. 아이들은 너나 할 것 없이 너무 하고 싶다는 반응을 보였다. 현재 우리 반 아이들을 포함하여 전년도 나의 제자들인 6학년 아이들 16명을 더해 40명의 합주단을 만들었다. 어차피 1등이 목표가 아니었기 때문에 잘하는 아이들을 모아 합주단을 만들지 않고, 원하는 아이들은 다 포함시켰다. 그러자, 우리 반 전체가 합주단이 되었다.

목표는 오직 한 가지, 아이들이 즐겁게 리코더를 배우고 큰 무대를 경험해 보는 것이었다. 하지만, 결과와 상관없이 최선을 다하는 것은 매우 중요하다고 생각했다. 대회까지는 두 달의 시간이 있었고 우리 반 아이들은 겨우 리코더 걸음마 단계였다. 아침 자습 시간, 중간 놀이 시간, 점심시간, 수요일 방과 후, 토요일까지 맹연습을 했다. 신기하게도 아이들은 정말 즐겁게 연습에 참여했고 함께 한 편의 작품을 완성해가는 즐거움을 누렸다.

"오늘 점심시간엔 테너 파트만 연습한다."

그러면 테너 파트 아이들이 환호성을 질렀으니 아이들이 얼마나 리코더를 좋아했는지 알만하다. 그렇게 아이들과 함께 연습하는 시간이 행복했다고 하면 믿을까. 정말 그랬다. 나는 아이들을 야단쳐 본 적도 없고, 연습을 안 했다고 나무란 적도 없었다. 아이들의 연습과 실력향상은 모두 자발적이었다. 오히려 아이들은 연습을 더 시켜달라고 졸라댔다.

"토요일 9시부터 연습이니까 저희는 8시까지 올게요. 선생님도 오셔야 해요."

아이들의 이런 적극성으로 초보 걸음마 단계였던 아이들이 장난감 교향곡이라는 대곡을 4주 만에 전부 외울 수 있었다. 이 대회를 통해 아이들 안에 있는 어마어마한 가능성을 보게 되었다.

음악 경연 대회가 한 주 앞으로 다가왔을 때였다.

"애들아, 우린 마라톤 결승지점 10m 앞에 서 있다. 마지막 일주일 후회 없이 연습하고 무대 위에서 우리가 보여줄 수 있는 거 다 보여주자. 한 명도 포기하지 않고 끝까지 함께한 것만으로도 선생님은 만족하고 그게 가장 기뻐."

아이들의 눈동자가 반짝거렸다.

그때 마침 교감 선생님께서 아이들의 리코더 연주를 들으러 오셔서 한 말씀 하셨다.

"애들아, 너희들 정말 잘한다. 작년에 우리 학교 사물놀이 금상 탄 거 알지? 리코더부도 금상 꼭 타 와야 한다. 자, 손가락 걸고 교감 선생님과 약속!"

안타깝게도 아이들이 부담을 많이 느끼는 것 같았다. 대회 전날, 아이들에게 가슴으로 전하는 마지막 한마디를 했다.

"애들아, 그동안 너희들이 열심히 준비한 거 알아. 이제 우리가 믿을 건 그동안 연습했던 시간들이다. 선생님은 금상 타는 거 하나도 안 중요해. 상의 색깔보다 중요한 건 너희들의 마음가짐이고 태도야. 대회에 많은 팀이 나오겠지만, 나오는 어떤 팀도 우리 팀처럼 리코더를 사랑하는 팀은 없을 거야. 그것에 자신감을 가져. 그것으로 충분해!"

대회 당일이 되었고, 우린 무대 위에 올라섰다. 지휘자 자리에 서서 아이들을 한 명, 한 명 훑어보았다. 아, 자랑스러운 나의 제자들. 가슴이 벅차올랐다. 초롱초롱한 눈빛으로 나의 첫 손짓을 기다리고 있었다. 내 얘기를 기억하고 있는 것 같았다.

'태도에서 금상!'

우리 무대가 시작되었다. 아이들은 전혀 떨지 않고 웃으면서 너무 잘해주었다. 8분은 순간처럼 빠르게 지나갔다. 하지만, 나는 무대 위에서의 모든 분초를 기억한다. 아무리 빼어난 실력을 갖췄다 하더라도 사랑하는 사람은 당할 수 없나 보다. 결과는 단연 1등이었다. 금상, 1등! 참 생각만 해도 기분 좋은 일이다. 그런데 그보다 더 기분 좋은 것은 나의 제자들과 소중한 추억이 생겼다는 것, 한 명의 낙오자도 없이 처음부터 끝까지 함께 했다는 것, 그리고 우린 힘들어하지 않고, 그 과정을 즐겼다는 것이다. 해마다 찾아오는 나의 제자들은 리코더와 함께 한 그때의 행복한 추억을 떠올린다. 자신을 자랑스러워하면서 말이다.

나는 매년 우리 반 아이들에게 리코더를 가르친다. 내가 리코더를 계속 가르치는 이유, 이것을 멈출 수 없는 이유는 뭘까? 내가 아이들에게 줄 수 있는 이만한 행복을 아직 못 봤기 때문이다. 리코더는 아이들과 나를 연결하는 끈이고, 아이들 서로를 잇는 끈이며 우리 모두와 행복을 연결하는 끈이 된다. 지금도 아이들의 목소리가 들리는 것 같다.

"선생님, 리코더가 정말 재미있어요. 매일 리코더만 불면 좋겠어요."

보이지 않는 것들의 아름다움

김찬경

"윤희야 축하해"

"와, 윤희가 된 거야?, 대박이다."

학생회 선거를 마치고 함께 경쟁했던 후보 친구들이 당선자를 축하한다. 기뻐하는 윤희에게 다가가 나도 한마디 했다.

"정말 축하한다. 이 기쁨 충분히 누리길 바란다. 그리고 앞으로 잘 부탁한다."

나는 스포트라이트가 쏟아지는 윤희에게서 시선을 거둬 교실을 둘러보았다. 함께 후보로 나갔던 여러 친구의 얼굴이 들어왔다. 그 중 특히 수지는 웃으며 윤희에게 축하 인사를 건네고 있지만 어깨가 축 처져 있고 눈빛에는 아쉬움과 실망감이 가득했다. 결과를 받아들여야 하고 최선을 다한 이를 축하해 줘야 하는 것을 머리로는 알아도 마음은 편치 않을 것이다. 나는 바로 수업을 준비했다.

"얘들아, 오늘은 수학 대신 다른 공부를 할 거야. 지금이 딱 그 공부를 할 시기라 이해해주길 바란다."

"다들 알고 있겠지만 모두가 최선을 다했던 선거가 끝났고 윤희가 회장으로 당선이 되었어. 우리 박수 한번 보내줄까?"

"선생님은 이번 선거를 하면서 후보자들에게 정말 빛나는 모습을 많이 보았어. 선거 나가는 게 얼마나 용기가 필요한 일인지 알지? 포스터도 그리고, 연설문도 작성해서 며칠 동안 연습하고, 정말 최선을 다하지 않은 친구가 없었던 것 같아."

"혹시 너희들은 후보자들에게 어떤 미덕을 보았니?"

"선생님, 저는 수지가 그렇게 발표를 잘할 줄 몰랐어요. 평소 수업 시간에는 거의 손을 안 들었는데 연설할 때 목소리가 얼마나 또렷한지, 그 모습이 정말 멋있었어요."

"선생님, 성국이가 저 제일 먼저 축하해주었어요. 당선이 되지 않아서 속상했을 텐데 먼저 와서 축하해주는 모습에서 용기와 우의의 미덕을 보았어요."

아이들의 격려가 쏟아진다. 당선되지 않았던 후보들의 얼굴에 웃음이 돌아온다.

"사실 어제 학급밴드에 당선 결과가 올라오고 친구들이 당선된 친구에 대해 축하 댓글이 올라올 때 사실 저는 너무 속상했어요. 축하해줘야 하는 걸 알지만 내가 떨어졌다는 생각에 실망스러운 마음이 드는 건 어쩔 수가 없더라고요."

"그래, 당연하지. 네가 얼마나 애써온 걸 선생님은 잘 알아. 축하해줘야 하는 걸 알아도 속상한 게 당연하지."

"얘들아, 수지의 마음이 어떨까? 수지에게 이야기해 주고 싶은 친구가 있니?"

"나도 엄청 속상했어. 네가 최선을 다한 걸 알아. 수고했어, 우리 힘내자."

"수지야, 나는 네가 회장에 도전한 것 자체가 너무 놀라웠어. 나는 할까 말까 하다가 항상 도전도 못 했거든."

아이들이 하나둘 감춰둔 속마음을 꺼내 주고받는다. 진솔한 이야기가 끊임없이 이어진다. 이렇게 하고 싶은 이야기가 많았구나! 나는 아이들의 관심을 조금 더 넓혀보았다.

"5학년도 당선되지 않으면 이렇게 속상한데. 이번에 처음 선거에 나온 2학년 친구는 어떨까? 특히 2학년 아이들이 후보로 정말 많이 나왔잖아. 이번 첫 선거가 선생님은 그 친구들에게 실패로 기억되기보단 멋진 도전으로 기억되었으면 좋겠어. 정말 중요한 것은 당선의 여부보다 각자 리더가 되어 학교에 봉사하고자 했던 그 귀한 첫 마음 아닐까?"

조용한 음악과 함께 아이들은 이번 회장단 선거에 도전했던 후배들에게 격려 편지를 썼다. 아이들은 한 장 더 써도 돼요? 하며 포스트잇을 여러 장 가져가 편지를 쓰는 경우도 있었다. 격려 편지를 쓰는 아이들의 모습에서 더 이상 아까의 위축된 모습은 찾아볼 수 없었다.

편지를 모아 우드록에 붙이고 복도에 누구나 편지를 쓸 수 있는 공간을 만들었다.

오며 가며 학생들이 구경도 하고 편지도 쓰는데 한 친구가 한참을 같은 자리에 서서 편지를 읽고 또 읽는다. 2학년 중 가장 적은 표를 받고 낙선한 민서다.

> "민서야, 안녕? 난 6학년 부회장 후보로 나온 기호 2번 김수지라고 해. 나를 잘 모르겠지만 지금 슬퍼하고 있을 너에게 이렇게 편지로라도 위로해주고 싶어서 편지를 써. 나는 네가 이렇게 반을 위해 도전해 본 것만으로도 정말 멋지고 대단하다고 생각해. 나는 이제 기회가 없겠지만 너는 아직 기회가 많이 남았잖아? 너의 도전정신으로 다시 한번, 여러 번 도전하면 언젠가 당선될 수 있을 거라고 믿어. 정말 수고했어. 멋진 민서! 지금, 이 순간에도 너는 이 유니콘처럼 충분히 빛나고 있어."
>
> _기호 2번 김수지 언니가

한참 편지를 읽던 민서가 편지를 쓴다.

> "수지 언니! 떨어져서 많이 슬프지? 그래도 언니가 최선을
> 다했잖아, 떨어졌다고 슬퍼하지 마."
> _민서가

정말 반가운 답장이었다. 아이는 학생회장에 당선되진 않았지만 낙선한 이의 슬픔과 최선을 다하는 과정의 아름다움을 경험으로 배웠을 것이다.

세상은 짠하고 드러나는 것에 스포트라이트를 비추지만 우리 삶의 시간 대부분은 보이지 않는 것들로 이루어져 있다. 학생회장에 도전할 때의 용기, 학교를 위해 봉사하려는 따뜻한 마음, 낙선을 받아들이는 담대함…, 학교는 그런 마음을 서로 살뜰히 챙기는 다정한 공동체였으면 한다. 왜냐하면, 주목받지 않아도 그것은 있는 그대로 소중하니까, 그게 우리의 진짜 삶이니까.

다만 네가 행복하기를

박나현

6학년 담임일 때 만난 영수는 날마다 지각이었다.

"영수야, 왜 자꾸 늦니?"

"아침에 못 일어나서요. 일어나는 게 너무 힘들어요."

영수와 친한 성훈이가 끼어든다.

"얘 만날 게임 하다가 새벽에 자서 그런 거예요!"

알고 보니 영수네 집은 아이들의 아지트였다. 아이들은 학교가 끝나면 영수네 집에 모여 컴퓨터 게임을 한다고 했다. 영수의 누나는 저녁에 돌아오고, 아버지는 더 늦게야 오셔서 늘 집이 비어 있기 때문이었다. '영수네 집에 가지 말라'고 아이들에게 단단히 이르고, 성훈이에게는 '학교에 올 때 영수를 좀 데려와 달라'고 부탁했다. 성훈이는 흔쾌히 그러겠다고 했지만, 다음 주가 되자 화가 나서 혼자 학교에 왔다. "아무리 깨워도 영수가 안 일어나요!"라며.

영수 아버님과 상담 약속을 잡았다. 매일 퇴근이 늦는다고 히서서 일요일에 영수네로 찾아갔다. 이대로 두면 영수의 생활 태도가 점점 더 안 좋아질 거라고, 그러니 좀 더 신경을 써 주십사 말씀드릴 생각이었다. 하지만 영수 아버님의 이야기를 듣고 나니 준비해 간 말을 할 수가 없었다.

"사업에 실패한 뒤에 술과 담배에 빠져 살았습니다. 한참을 그러고 나니 애들 엄마도 떠나고, 몸은 완전히 망가졌어요. '허혈성 골(骨)괴사'라고, 뼈가 썩어가는 병이랍니다. 한시라도 빨리 치료를 받으라는데, 아이들만 두고 입원을 할 수가 있나요. 약으로 통증을 견디면서 삽니다."

영수 아버님은 아픈 몸으로 아이들을 기르며 간신히 버티고 있었다. 그런 아버님께 영수를 더 챙겨달라고 말할 수는 없었다. 지금보다 더 힘을 낼 수 있는 사람이 있다면 그건 아버님이 아니고 오히려 나였다. 그날 이후 영수의 등교는 내가 직접 챙겼다. 출근길에 전화로 영수를 깨웠고, 전화도 받지 않으면 집으로 데리러 갔다.

그날 아침에도 늦도록 영수가 오지 않았다. 나는 서둘러 영수네로 뛰어갔다. 쾅쾅 현관문을 두드리자 영수가 눈을 비비며 나왔다. 영수를 화장실로 들여보내고, 눈으로는 책가방을 찾았다.

"영수야, 책가방 어딨니? 방에 있니?"

급한 마음에 현관 옆에 있는 방문을 열었다가 깜짝 놀랐다. 방 안이 아수라장이었다. 발 디딜 틈조차 없이 쓰레기가 방을 가득 채우고 있었다. 화장실에서 씻고 나온 영수가 나를 보고 "그 방은 안 써요."라고 했다. 그제야 거실에 펼쳐진 이부자리가 눈에 들어왔다. 그날 오후, 용기를 내어 영수 아버지께 전화를 드렸다.

"아버님, 제가 댁을 좀 청소해도 될까요? 아버님은 편찮으시고, 아이들이 청소하는 데는 한계가 있으니까요. 안 쓰시는 방을 치워서 영수 방도 좀 만들고 싶습니다."

아버님은 당황한 듯 잠시 말씀이 없으시더니 "그렇게 해주시면 감사하지요."라고 대답하셨다. 영수네 집을 혼자 청소하는 건 무리였다. 주민센터에 전화하면 도움을 받을 수 있을 것 같았다.

"그 집은 진작부터 관리 대상입니다. 아버님이 동의하지 않으셔서 그동안 집에는 들어가 보지도 못했는데, 선생님은 어떻게 그 집엘 가 보셨어요?"

주민센터에서 청소 날짜에 맞추어 자원봉사자를 보내주겠다고 했다.

토요일 아침, 영수네로 갔다. 봉사자들과 함께 집안 곳곳을 청소했다. 선넌방과 베란나에 쌓여있던 쓰레기를 끌어내자 커다란 쌀 포대로 여덟 자루가 나왔다. 깨끗해진 건넌방에는 영수가 쓸 침대를 들였고, 거실에는 영수와 누나가 쓸 책상과 의자들을 놓았다. 중고로 산 것을 용달차를 불러서 동료 선생님과 함께 직접 옮겨온 것이었다.

청소를 마치고 나니 집안이 깔끔해졌다. 영수에게 방이 생긴 것도 뿌듯했다. 하지만 집이 깨끗해졌다고 해서 게임만 하던 영수의 생활이 달라질 리는 없었다. '어떻게 하면 좋을까?' 인근에 있는 지역아동센터가 떠올랐다. 방과 후에 센터에 가면 공부도 배우고 친구들과 놀기도 하고, 저녁밥까지 먹을 수 있었다.

센터 원장님이 영수를 알고 계셨다.

"아, 영수요? 전에 여기 다녔던 아이예요. 그런데 선생님 말씀을 잘 안 듣고 다툼도 많아서, 지도가 쉽지는 않았어요…."

원장님은 영수가 센터 생활에 잘 적응할 수 있을지 걱정하셨지만, 돌봄이 꼭 필요한 것 같으니 다시 맡아주겠다고 하셨다. 센터 입소에 필요한 서류를 알아보고 아버님께 전화로 알려드렸다. '이제 됐다' 싶었다. 그런데 그날 밤, 생각지 못한 전화가 걸려 왔다.

"선생님, 정말 죄송합니다. 영수가 너무 게임만 해서 혼을 내다는 게 그만…, 윽박지르고, 때리기도 하고요. 그게 알려져서…, 아이가 지금 집을 떠나게 되었습니다. 죄송합니다. 정말 죄송합니다, 선생님."

영수 아버님의 목소리가 떨렸다. 나는 힘이 쭉 빠졌다.

영수는 당장 다음날부터 학교에 오지 않았다. 당분간 다른 곳에서 지낸다고 했다. 영수의 빈자리를 보니 마음이 아팠다. 그동안 영수가 잘 지낼 수 있게 하려고 애를 쓰긴 했지만, 집에서는 어떻게 지내는지, 어떤 마음으로 학교에 오는지는 물어본 적이 없었다. 이제 집에는 영수의 방이 생기고 방과 후에 영수를 챙겨줄 곳도 생겼지만, 집에도 센터에도 학교에도, 웃으며 지내야 할 영수가 없었다.

'이제 잘 지낼 수 있을 줄 알았는데….'

영수는 언제 돌아온다는 기약도 없었다. '졸업 전에는 돌아오겠지.'라고 생각했다가도 '한참 뒤에야 오면 어쩌지?' 걱정이 되기도 했다. 아이를 학교로 데려오는 것에만 열심을 내고, 정작 아이의 마음은 살피지 못한 것이 부끄러웠다. 안타깝고 미안한 마음이 들 때마다 마음을 다잡으려고 애썼다.

'너무 자책하지 말자. 그동안 나도 많이 애썼잖아. 영수는 회복하려고 떠난 거니까 잘 지내다가 돌아올 거야. 영수가 돌아오면 그때는 마음을 살펴주는 선생님, 영수에게 정말로 필요

한 것을 줄 수 있는 선생님이 되자.'

영수가 떠나 있는 사이에 영수 어머님을 뵈었다. 어머님이 집을 나가신 것은 영수가 5학년 때라고 했다. 어머님은 영수가 엄마를 유난히 따르고 좋아했다고 하셨다.

'엄마가 없는 집에 돌아가면 영수는 얼마나 쓸쓸했을까. 그래서 집에 아이들이 오는 게 좋았겠지. 아침이면 일어나라고 깨워주는 사람이 없으니, 혼자 일어나서 학교에 갈 재미도 힘도 없었겠지.'

영수는 겨울이 다 되어서야 돌아왔다.

"영수야, 보고 싶었어! 자꾸 네 자리를 보게 되고 말이야…. 샘 마음 알지?!"

내가 한껏 톤을 높여서 말하자 영수가 씩 웃는다. 얼굴이 좀 밝아진 것 같기도 하다. 나는 영수에게 더 많이 웃어주고, 자주 이름을 불러주었다. 영수는 무사히 6학년을 마치고 중학교로 갔다.

때로 영수가 생각나면 나는 영수에게 내 마음을 보냈다.

"공부를 못해도 좋으니 건강하게, 웃으면서 지내렴. 게임을 하는 건 괜찮지만 너무 늦게까진 하지 말고, 아버지 말씀 잘 듣고, 알았지?"

때로는 손을 모으고 이렇게 기도했다.

'중학교에서 만나는 선생님들께 영수가 특별한 사랑을 받

게 해주세요. 공부를 못해도, 학교에 지각해도, 그래도 예쁘게
만 보이게 해주세요.'

새 학기가 시작되고 두 달쯤 지나서, 이제 중학생이 된 우리
반 아이들이 찾아왔다. 그런데 영수가 보이지 않았다.

"영수는 왜 같이 안 왔어?"

"선생님, 영수 전학 갔어요. 안 좋은 일에 얽혀서요."

가슴이 철렁했다.

대체 무슨 일이 있었길래, 하고 불안해하던 순간, 아이들이
이렇게 덧붙였다.

"근데요, 전학 간 학교에서 영수 완전 잘 지낸대요!"

"선생님들이 영수를 엄청 예뻐한대요!"

아이들의 말을 듣고 굳었던 마음이 풀어지고, 이내 따뜻해
졌다. 멀리서나마 영수의 행복을 바란 나의 마음이 영수와 선
생님들께 정말로 전해지고 있었다.

나는 오늘도 영수에게 작은 힘을 보낸다.

'영수야. 오늘 네가 많이 웃으면 좋겠어. 날마다 조금씩 더
행복해졌으면 해. 오늘도 너에게 마음 가득 응원을 보낸다.'

정말 사랑으론 안 되는 걸까

이정원

하나. 진수

"야! 내가 하지 말랬지. 너 가만 안 둬!"

"죽고 싶어? 이거 놔!"

3월 초 교실, 우당탕 소리와 함께 고함이 들린다. 진수가 친구의 머리끄덩이를 잡고 싸우고 있었다. 그날을 시작으로 진수는 다른 반과 학년을 가리지 않고 하루걸러 싸웠다. 담임인 나와도 관계가 깨질까 봐 조심스러웠다. 거친 행동 너머에 숨어 있는 진짜 마음을 만나고 싶었다. 노래와 춤을 좋아하는 진수가 학교 장기자랑에 나갔을 때, 사진과 동영상을 찍어주며 기뻐했다. 친구들과 사이좋게 노는 모습이 보이면 정말 멋지다고 격려했다. 코칭을 통해 진수가 자신의 문제를 알아차리고 해결해 나갈 수 있도록 돕기도 하였다. 진수의 힘을 믿고 기다려 주고 싶었다.

그러나 5월과 6월이 되어도 상황은 그대로였다. 진수의 싸움을 수습하느라 너무 지쳐갔다. 하루는 답답한 마음에 왜 그렇게 자주 싸우게 되는 것 같냐고 물었다. 진수는 중학생인 친형이 자기를 자꾸 괴롭히는데, 그 스트레스를 학교에서 풀게 되는 것 같다고 했다. '아, 진수의 형이 해결의 열쇠가 될 수 있을까?' 생각하며 진수 어머님과 이야기를 나눴다. 하지만 반대로 진수가 형을 못살게 굴고 있다면서 학교에서 자꾸 싸우는 이유를 통 모르겠다고 하셨다. 진수의 진짜 마음은 만나지 못한 채 겉도는 느낌이었다.

'사랑으론 안되는 걸까, 그동안 내가 뭘 하고 있었던 거지.'

진수의 싸움을 말리는 것뿐만 아니라 다른 아이들의 문제에도 함께 매달리게 되면서 나는 더는 여유가 없었다. 정성을 다해 사랑으로 아이들을 만나기 위해 애썼지만, 이제는 그런 선택을 한 것이 후회되었다. 그저 내가 무섭지 않아서 모든 문제가 계속되는 것 같았다.

"이제는 상냥하고 친절하게 너희를 대할 수가 없어. 이렇게 화내며 지낼 수밖에 없다는 것이 참 괴롭다."

점점 표정이 사라지고 힘껏 소리 지르며 아이들을 무섭게 혼내는 경우가 많아졌다. 무너지고 있는 나에게 사랑이 필요했

다. 감당하기 어려운 상황 속에서 주변 사람들에게 도와달라고
손을 내밀었다.

"여보, 얼마나 힘들지 누구보나 잘 알아. 난 항상 자기편이
야."

"딸, 누가 이렇게 힘들게 해? 잘 먹고 힘내. 아빠가 있잖아.
분명 방법이 있을 거야."

"선생님, 많이 힘드시죠. 진수랑 상담해볼게요. 힘들 때 언제
든 저한테 오세요. 혼자 힘들어하지 마세요."

"선생님 잘못이 아니에요. 버틴 것만으로도 대단한 거예요."

흔들리는 나를 다시 잡아준 사람들이 있었다. 나는 다시 용
기 내어 진수 어머님께 연락을 드렸다. 진수의 상황을 말씀드
리며, 미리 알아둔 전문 기관의 아동검사를 조심스레 권했다.
하지만 전혀 예상하지 못하셨는지 한참을 큰 소리로 화를 내
셨다. 간신히 전화를 끊고도 놀란 가슴은 여전히 방망이질 쳤
다. 잠시 후, 어머님께서는 아버님과 함께 직접 학교로 찾아오
겠다는 연락이 왔다.

"선생님, 최선을 다하셨어요. 괜찮아요. 그분들은 두려움으
로 그런 거예요. 학교에 찾아왔을 때 설득하려 하지 마세요. 그
냥 마음을 충분히 들어주세요. 두려워하지 말아요. 이정원 선
생님은 큰 사람이에요."

어머님의 분노 가득한 말에 놀랐던 나는 멘토이신 권영애

선생님의 격려 덕분에 비로소 담대해질 수 있었다.

'그래, 상처 입은 존재를 사랑으로 안아주고 싶어. 할 수 있을 것 같아….'

다음 날 두 분이 교실로 찾아왔다.

"선생님, 아이들끼리 지내면서 좀 싸울 수도 있는 거죠. 병원에 갈 정도 아니에요. 아이를 편견으로 보고 계시네요. 어떻게 그러실 수가 있나요?"

이 상황에 대한 두려움과 두 분에 대한 원망을 잠시 멈췄다. 문제를 해결해야 한다는 생각과 옳고 그르다는 판단도 내려놓고 다만 속상해하시는 마음을 있는 그대로 느껴보려 애썼다. 두 분의 마음에 공감하며 듣기 시작하자, 처음의 경직되고 긴장되었던 분위기가 점차 부드럽고 편안하게 변했다. 그리고 알게 되었다.

'아…, 서로 방법이 다를 뿐 나도 두 분도 다만 진수가 잘되길 바라는 마음은 같구나….'

그 일이 있고 몇 주가 흘렀을까?

"선생님, 진수가 착해졌어요."

참 신기하다. 자주 폭발하던 진수가 조금 부드러워졌다. 진수 부모님과 진수와의 관계에 변화가 있었던 것일까? 어쩌면 진수는 부모님에게 자신을 봐달라는 신호를 보내고 있었는지도 모르겠다. 잘은 모르겠지만 진수의 신호를 두 분이 바라보게 되면서 진수 마음에 엉켜있던 실타래가 조금씩 풀어졌던 게 아닐까 짐작해 본다.

어느 날 스치듯 던졌던 진수의 천진한 말 한마디가 기억에 남는다.

"선생님, 나중에 졸업하고 나서 연락드려도 돼요?"

둘. 재호

"선생님 정말 억울해요. 왜 저만 차별하세요. 친구들이 떠드는데 왜 가만히 있는 저를 혼내세요? 혼자 웃는 것도 죄인가요? 제가 그동안 얼마나 많이 억울했는데 그거 다 참고 있었던 건 아세요?"

"지금 너 때문에 친구들이 떠들고 있는 걸 정말 몰라서 그러는 거야? 그렇게 네 마음대로 할 거면 선생님도 더는 못 가르쳐. 당장 교실에서 나가!"

친구들의 관심이 중요했던 재호는 항상 친구들을 웃기려고 노력했다. 수업 시간에도 자꾸만 아이들이 재호를 힐끗거리며 웃으니 수업을 진행하기가 어려웠다. 나의 한마디 지적에도 재호는 억울하다고 울면서 화를 냈다. 일부로 나를 괴롭히며 수업을 망치고 있는 것 같았다. 무엇보다 재호의 말투와 표정은 내 안에 상처를 자꾸만 건드렸다.

'이정원, 네가 뭘 할 수 있니? 넌 해결할 수 없어. 정말 무능해! 쓸모없고 한심한 교사야. 참 부끄럽다.'

내 안에는 나를 손가락질 하는 목소리가 있었다. 다른 사람들로부터 관심을 받고 싶어 하는 욕구 때문에 튀어나오는 재호의 짜증과 억울함을 알면서도, 같은 상황이 반복되다 보니 이성적이고 침착하게 지도하기가 어려웠다. 너무 힘겹게 한 해가 끝나가고 있었다.

재호를 크게 혼냈던 어느 날, 아이가 집에 와서 많이 울었다고 어머님께서 연락이 왔다. 그동안 재호가 너무 밉고 화가 나는 마음이 앞서 어머님과 제대로 이야기를 나누지 못해왔었다. 한 해가 다 지나가는 그때에서야, 나는 힘들고 속상했던 마음을 솔직하게 이야기하며 사과를 드렸다. 다행히 어머님께서도 재호를 기르며 답답하고 힘든 마음을 나눠주시며 서로 공감하고 위로했다. 하지만 그 후로도 재호와의 관계는 여전히 어려웠다.

종업식을 앞두고 1년간의 학교생활 돌아보는 활동을 했다. 재호가 쓴 내용을 얼핏 지나가며 보았는데 좋았던 점들이 많이 보였다. 재호가 긍정적으로 변하고 있는 것 같아 놀라면서도 기뻤다. 아이들이 간 뒤 다시 활동지를 살펴보니 마지막 장에는 학교도 선생님도 모두 싫다는 분노의 내용이 가득했다.

그럴 거로 생각해 왔지만 직접 글로 마주하니 마음이 아팠다. 재호의 마음을 끝내 돌릴 수 없다는 생각에 좌절했다.

종업식 날, 아이들과 작별 인사를 하며 헤어지고 있었다. 재호가 마지막까지 걸음을 떼지 못하고 머뭇거렸다. 재호는 울먹이며 조심스럽게 말을 건넸다.

"선생님, 헤어시기 아쉬워요…. 우리 반 생활…, 좋았어요."

"재호야, 그렇게 말해줘서 고마워."

나는 재호를 꼭 안아주었다.

셋. 진수와 재호가 준 선물

"나의 실패와 극복의 모습을 솔직하게 표현할 때 아이들도 그것을 보고 다시 일어나요. 힘들 때는 힘들다고 말하세요. 선생님에게도 사랑과 존중이 필요하다고 하세요. 역할이 아니라 존재로 함께하는 방법이에요. 진실함은 관계의 가장 큰 힘이에요."

권영애 선생님의 이 말씀이 참 좋았다. 그래서 나도 용기 내어 어려움을 솔직하게 나누며 나 자신의 모습도 있는 그대로 인정하고 사랑할 수 있었다. 그래서 힘든 상황 속에서도 아이들과 조금은 더 따뜻하게 만날 수 있었던 게 아닐까 생각한다.

학교에 가기 전 눈을 감고 아이들의 이름과 얼굴을 떠올린다.

'소중한 존재인 진수야, 친구들과 자꾸 싸우게 돼서 많이 힘들지. 다시 시작해보자. 진짜 원하는 삶으로 나아갈 수 있기를 바라. 선생님이 도와줄게.'

'재호야. 네 마음 알면서도 잘 받아주지 못해서 미안해. 재호와 잘 만나고 사랑하며 지내고 싶어. 네 모습 그대로 빛나고 사랑받기를 바란다.'

'정원아, 새로운 하루가 두렵지. 해결되지 않은 상황 속으로 다시 가야 하니 걱정되겠다. 노력해도 그대로인 것 같아서 참 지치겠다. 그래도 나는 너를 사랑해.'

수업을 마치고 하교할 때 학생들을 한 줄로 세운다. 한 명씩 눈을 보며 사랑의 말을 전하며 안아준다. 권영애 선생님께 배운 방법이다. 귀를 쫑긋하며 진지하게 듣는 아이, 배시시 웃는 아이, 장난치며 도망가는 아이…, 그 아이들 한 명 한 명을 내 마음에 품는다. 이렇게 서툴게나마 사랑을 표현할 수 있는 시간이 참 소중하고 따뜻하다.

사랑을 선택한 것을 후회한 적도 있다. 사랑 없이 두려움 속에서 지내기도 했다. 진수와 재호와의 시간은 어떤 순간에도 사랑하며 살겠다는 마음을 굳건하게 해준 선물이었다. 사랑하기 어려운 순간에도 사랑을 선택하는 것, 그것이 진짜 사랑이 아닐까.

"이 세상 단 하나뿐인 소중하고 특별한 존재야, 생각해보니 우리가 만나 함께했던 시간이 모두 보석처럼 빛나는 순간이었어. 너를 마음 다해 사랑하기 위해 노력했던 선생님을 기억해주겠니. 내가 다시 일어났던 순간을 기억하며 너도 다시 일어서주겠니?"

선생님도 실수하는구나

유영주

"저 책 안 가져왔어요."

3월 초 우리 반 2학년 아이의 말이었다. 봄 교과서로 수업을 시작하려는 참이었다. 책을 꺼내라고 하자, 작고 어려 보이는 수아가 당황스러워하며 말했다.

'그럴 리가 있나. 첫날 교과서를 다 나눠주고 집에 가져간 적이 없는데.'

"괜찮아. 실수해도 괜찮아."

갑자기 아이들 시선이 나에게 확 집중되었다. 봄 시간은 교과서에 쓰기보다 활동 중심이어서 책이 없어도 공부하는 데 별무리가 없었다. 예전에 다른 선생님이 교실 앞에 "실수해도 괜

189

찮아."라는 말을 붙여 놓은 기억이 떠올라서일까? 꽤 인상 깊었던 말이라서 나도 따라 하고 싶었던 모양이다.

"네 봄 책은 책상 속에 있잖아."

뒤에 앉아 있던 남자아이가 알려줘서 수업은 잘 진행되었다.

점심시간이 되었다. 새로 근무하는 학교의 교실 급식은 부담스러웠다. 식당이 있는 학교에서는 영양사와 조리사분들이 담당해주시는 일을 교실에서는 내가 한다. 십몇 년 만의 교실 급식이었다.

'작년 코로나로 학교를 많이 못 온 2학년들을 데리고 내가 급식 지도를 잘할 수 있을까? 아이들이 어리고 서투른데 괜찮을까?'

점심시간 전 아이들이 알림장을 쓴다. 쓴 아이들은 손을 씻고 나는 교실을 돌아다니며 알림장에 검사 도장을 찍어준다. 손 씻고 온 아이들의 체온을 잰다. 아이들이 자기 자리를 정리할 동안 나는 급식당번과 배식 준비를 한다. 다섯 명 급식당번이 모자, 앞치마, 비닐장갑을 착용한다. 아이들 손은 야무지지 않기 때문에 종종 앞치마나 비닐장갑을 떨어뜨리거나 착용하기를 어려워했다. 나도 복장을 갖추고 급식 차에서 밥, 반찬, 국, 식판 등을 꺼내서 준비한다. 급식당번에게 식판의 어느 자리에 반찬 몇 개를 주어야 하는지 알려주는 것도 내 역할이다.

그날도 바쁘게 급식을 나눠주고 마지막으로 급식 당번에게 식사하라고 했다.

'어, 다른 날보다 음식이 많이 남았네?'

"더 먹을 사람 나오세요."

음식을 더 받으려고 나온 아이가 말했다.

"선생님, 저쪽 줄은 안 받았는데요."

음식을 보고 있던 나는 화들짝 놀라 아이가 말하는 방향을 바라보았다. 창가 쪽 아이들이 식판 없이 조용하게 앉아 있었다. 공평하게 하려고 급식 먹는 순서를 매일 바꾸었는데 내가 실수로 한 줄을 부르지 않았다.

"급식받으러 나오세요."

나를 도와줄 급식당번들이 점심을 먹고 있어서 정신없이 음식을 빠르게 나눠주고 있었다. 그때 가까이 있던 아이들의 말이 들렸다.

"선생님도 실수하는구나."

"실수 안 하는 사람이 어디 있어?"

아이들이 나에게 가르쳐 준 놀라운 체험이었다.

교실에서는 배우고, 도전하면서 실수하고 실패할 수 있다. 예전에 교사는 아이들 앞에서 항상 모범적으로 잘해야 한다고 여겼다. 하지만 권영애 선생님의 가르침은 달랐다. 지식이 아닌 체험이 아이를 성장시키고 배움을 일으킬 수 있다고 하셨다. 우리는 많은 실수와 실패를 하며 살아간다. 교실도 다르지 않다. 내가 실수를 감싸준 후 아이들도 나에게 그대로 해주었다. 우리는 서로의 실수를 이해하고 인정했다. 나의 깨달음을 기억하며 올해도 아이들에게 이야기한다.

"얘들아, 실수해도 괜찮아."

아이들의 위로

유영주

2021년 11월, 친정엄마가 코로나에 확진되었다. 다행히도 확진 첫날 의료원에 입원할 수 있었다. 일주일 이상 입원이 길어지고 전화로만 연락하면서 애가 타기 시작했다. 처음 엄마의 또렷하던 목소리가 점점 더 숨 가빠짐을 느꼈다. 퇴원은 미뤄지고 면회는 임종 직전 마지막 한 번만 가능하다고 했다. 주치의가 하루 한 번 정도 상태를 알려주는 전화, 간호사가 필요한 물품을 요청하는 통화를 하며 매일 마음을 졸였다. 희망과 절망이 수시로 교차했다. 아들을 돌보던 친정엄마가 안 계시니 내가 조퇴를 할 일이 많아졌다. 조퇴가 잦으니 학교 일 처리가 늦어지고 스트레스가 쌓였다. 학년말 마음이 친정엄마에게 가 있고, 학급 분위기는 어수선해지는 듯했다. 이런 상황에서 학급을 잘 이끌지 못했던 과거의 기억이 떠올랐다.

'내가 담임 역할을 잘못하고 있는 것일까? 올해 아이들과 잘 지냈다고 생각했는데 실패인가?'

고민 끝에 멘토이신 권영애 선생님에게 도움 요청을 했다. 통화로 하소연했고, 그분은 사랑으로 토닥여주셨다.

"교사도 사람이니 선생님이 가진 어려움을 솔직하게 아이들에게 털어 놓아봐요. 그 어린 2학년 아이들이 선생님을 위로해줄 거예요."

선뜻 그러겠다는 대답을 하지 못했다. 2021년 말, 여전히 코로나 확진은 솔직하게 터놓고 말할 수 없는 분위기였다. 평소내 감정이나 느낌은 가족이나 가까운 친구에게만 이야기했기 때문에 아이들에게 어려움을 털어놓는 게 상상이 되지 않았다. 다음날 일찍 출근해 교실에 혼자 있을 때 친정엄마의 주치의로부터 전화가 왔다.

"어머니 상태가 점점 더 나빠지고 있어요. 최선을 다하고 있지만 폐가 안 좋으세요. 지난번에도 말했듯이 빨리 대학병원으로 옮겨 받으셔야 합니다."

"아직도 대학병원 자리는 없나요?"

"뉴스처럼 자리가 없어요. 계속 요청은 하고 있지만 언제 자리가 생길지 모릅니다."

통화가 끝난 후 나도 모르게 울고 말았다. 훌쩍거리며 남편에게 연락했다.

"지금 그냥 병원 가보자. 어머님이 그러시니, 당장 가자."

"어떻게 내팽개치고 가…. 그리고 지금 가도 면회 안 된 대…. 지금 못 가."

"그래도 가만히 있을 수 없잖아. 교감 선생님에게 이야기하고 나와."

당장이라도 엄마 곁으로 가고 싶었다. 하지만 남편의 말을 들으면서 내 상황을 깨달았다. 반 아이들이 오기 전에 억지로 눈물을 닦으며 진정하려고 애썼다.

수업을 시작하려는데 말이 안 나오고 눈물이 주르륵 흘렀다. 한 아이가 무슨 일인지 질문했다.

"선생님 엄마가 아파서 병원에 있는데 점점 더 안 좋은 소식이 들리고 있어. 멀어서 가지 못하고 걱정이 된단다. 혹시 선생님을 위로해줄 수 있겠니?"

몇몇 아이들이 손을 들었다. 그중에서 평소 수업 시간에 장난이 심했던 아이도 있었다. 그 아이가 말했다.

"용기를 내세요."

한 명씩 말했다.

"선생님, 힘내세요."

"괜찮을 거예요, 선생님."

그러고 나서 수업 시간은 평소보다 조용했다. 나를 배려

해서 아이들의 수업집중도가 아주 좋았다. 그런데 두 명의 아이들이 뭔가 쓰다가 후다닥 감추었다.

'이상하다, 아이들이 뭘 하고 있지? 수업 시간에 딴짓한 걸까?'

쉬는 시간이 되자 편지들이 도착했다. 나를 위해서 급하게 쓴 편지라 편지지가 다양했다. 찢은 연습장이나 색종이 편지에는 걱정하지 말라는 짧은 글, 그림이나 글자를 색칠한 긴 글도 있었다.

아이들이 가고 나서 다시 편지를 읽고 또 읽었다. 미소 지으며 읽다가 눈물을 흘렸다. 한 줄 글에도 염려하는 마음이 담겨있었다. 편지 하나하나가 모두 소중했다. 많은 아이의 편지 중 내 마음을 아리게 한 글이 있었다. 엄마가 없는 아이의 편지였다.

> 선생님께
>
> 선생님! 용기 내세요.
>
> 엄마 건강하시니까 걱정하지 마세요.
>
> 그리고 공부 가르쳐 주셔서 감사합니다.
>
> 이 편지로 힘이 되면 좋겠어요!
>
> **선생님 사랑해요 ♡**
>
> 유나 올림

"내가 교실에서 머리로 아이들을 만났을 때 아이들도 머리로 답했다. 내가 교실에서 가슴으로 아이들을 만났을 때 아이들도 가슴으로 답했다."

_권영애, 『그 아이만의 단 한 사람』

감사하다

허효정

12월 어느 날, 수료를 며칠 앞두고 밤새 폭설이 내렸다. 악천후로 인해 수업은 원격으로 전환되었다. 어둠 속 함박눈을 맞으며 새벽 6시에 집을 나섰다. 버스를 두 번이나 갈아탔지만, 정류장에 내려서도 학교로 가는 오르막길을 한참이나 걸어야 했다. 차가운 눈바람을 맞으며 걸어가는 길이 유난히 힘들고 서러웠다. 학교에 도착하니 9시 30분이었다. 1교시 시작을 훨씬 넘긴 시각이었다.

학교에 오자마자 컴퓨터를 켰다. 실시간 화상 수업을 기다리고 있었을 아이들을 생각하니 미안한 마음이 들어 더는 시간을 지체할 수가 없었다. 따뜻한 차 한 잔으로 몸을 녹일 시간도 없었다. 화상 수업이 열리자 아이들 얼굴이 하나둘씩 화면에 나타났다. 코끝이 찡긋해지더니 아이들이 유난히 더 반갑게 느껴졌다.

"선생님, 괜찮으세요?"

'왜 늦었어요?'가 아니라 '괜찮으세요?'라고 묻는 아이들이 오늘따라 더 기특했다. 너그럽게 이해해주는 아이들이 더 고마웠다. 하나같이 걱정 가득한 얼굴이었다. 그 모습에 출근길 무용담을 실컷 늘어놓았다. 2교시 수업을 끝내고 평소처럼 20분 동안 중간놀이 시간을 가지기로 했다. 교무실에 들러 차 한 잔도 마셨다. 온몸이 녹아내리는 듯했다. 차 한 잔이 주는 온기가 그날따라 새삼 감사하게 다가왔다.

늘 그렇듯 쉬는 시간 20분이 쏜살같이 지나갔다. 교실로 돌아와 모니터 화면을 켰는데 아이들 화면이 깜깜했다. 쉬는 시간에도 화면은 켜두고 음악도 들으며 채팅도 하던 아이들이었는데 이상했다. 들어오라는 말에도 아무런 반응이 없던 찰나, 낯익은 아이의 목소리가 들렸다.

"애들아, 하나, 둘, 셋"

셋과 동시에 아이들 화면이 하나둘씩 켜졌다. 그 순간 놀란 눈은 동그래지고 크게 벌린 입으로 손이 절로 갔다. 금세 눈시울이 젖어 들었다. 눈 깜빡할 사이 두 눈에는 눈물이 흐르고 있었다. 15개로 쪼개진 작은 화면 하나하나에 나에게 보내는 아이들의 메시지가 펼쳐졌다.

"선생님, 사랑해요!"

"선생님, 보고 싶고, 사랑해요!"

"사랑해요, 아프지 마세요!"

"신생님, 고생하셨어요. 사랑해요."

"저희를 만나려고 눈길을 걸으신 선생님, 사랑해요!"

"선생님, 우리를 위해 항상 수고해주셔서 감사합니다. 항상 건강하시고 5학년 코로나 시기인데도 저희를 잘 가르쳐주셔서 감사합니다. 항상 잘 지내세요."

하염없이 눈물이 났다. 버스에서 멀미하고 눈길을 걸으며 녹초가 되면서도 아이들 만날 생각만 하면서 버티고 걸었다. 그런 내 마음을 알아줘서 고마웠고 위로할 줄 아는 아이들이 기특하고, 감사했다. 아이들을 사랑하는 마음이 일방적인 한 방향이 아님이 느껴져서 더 뭉클했다. 진심 어린 소소한 이벤트에 피로가 눈 녹듯이 사라졌다.

"고마워, 사실 오늘 너무 힘들었는데 너희들 덕분에 선생님이 정말 행복하네."

내 말에 아이들은 기분 좋은 미소를 보이며 흐뭇해했다.

어린이들은 참으로 신기하고 감사한 존재이다. 누군가 힘들어하거나 아플 때 진심으로 위로해줄 줄 안다. 자신의 잘못을 솔직하게 받아들이고 다른 사람의 잘못은 너그럽게 이해해 준다. 작은 것에도 행복해하고 기뻐할 줄 알며 감사해한다. 아낌없이 사랑을 표현하고 나눌 줄도 안다. 그것도 진심으로 말이다. 문득 느끼는 거지만 아이들 앞에서 어른이며 교사인 나는 스스로 겸손해진다. 내가 아이들이었다면 그 상황에서 그렇게 할 수 있을까? 하고 말이다. 나의 성찰을 끊임없이 이끌어주는 아이들이 옆에 있어 줘서 감사하다.

부모가, 교사가 어린이들을 미숙한 존재로 보지만 어린이들은 이미 보석이다. 반짝반짝 자신을 빛내나갈 보석이다. 스스로 성장해나갈 존재로 믿어주고 그 과정을 기다려 주는 것이 우리 어른의 몫이다. 믿어주는 어른에게 우리 아이들은 언제나 환대의 미소와 아낌없는 사랑을 보내줄 것이다.

"애들아, 선생님의 제자가 되어줘서 고마워. 우리 어린이들의 선생님이라서 참 감사해. 선생님이 더 사랑해."

가라앉거나 헤엄치거나

송미숙

'가라앉거나 헤엄치거나'는 초보 교사가 겪는 어려움을 함축적으로 표현한 말이다. 가라앉을지 헤엄쳐 물에 뜰지 모르지만 일단 교실 속으로 내던져진다. 교실 안에서 유일한 어른인 교사는 가라앉지 않으려면 스스로 헤엄치는 방법을 깨우쳐야 한다. 첫 발령을 받은 2012년 3월 1일부터 나는 가라앉기 시작했다.

설레는 마음으로 첫 출근을 해서 듣게 된 소식은 우리 반에 특수반 아이가 한 명 있다는 것이었다.

'잘해줘야지.'

열정 가득했던 초보 교사는 그 아이가 나의 첫 교실에서 일

년을 잘 보내게 하고 싶었다.

"네가 태경이구나!"

첫 만남에서 다정한 말을 건네며 웃어준 순간, 모든 것이 결정되었다. 아이는 내가 자기 마음대로 해도 되는 선생님이라는 것을 금방 알아챘다. 그동안 무서운 부모님과 무서운 선생님, 무서운 태권도 관장님에게 눌려 있던 모든 것이 교실 안에서 폭발했다. 특수반 아이가 일반 교실에 적응하기 위해 특수반에 가지 않는 3월 첫 일주일이 지나기도 전, 나는 그 아이에게 완패당했다. 처음이라 모든 것이 서툴렀던 초보 교사는 수업 시간에 소리를 지르고 교실을 돌아다니다 급기야 교실 밖으로 뛰쳐나가는 아이를 어떻게 지도해야 하는지 알지 못했다. 결국, 나는 수업 중 모든 것을 멈추고 특수반 선생님께 쪽지를 보냈다.

"저 태경이 때문에 아무것도 못 하겠어요. 지금 데리고 내려 갈게요."

그리고 아이의 팔을 잡아끌고 특수반에 내려가서 울었다.

"선생님이 착하셔서 그런가 보다."

"너무 잘해주셨나 보다."

"안 무서우셔서 그런가 보다."

동료 선생님들은 말을 듣지 않는 태경이를 보며 이렇게 말했다. 실제로 같은 층을 쓰는 남자 선생님들이 복도에서 뛰거나 다른 친구를 괴롭힌 태경이를 무섭게 혼낼 때는 바로 행동을 멈추고 순한 양처럼 변하니 더욱 내 능력 문제인 것만 같아 자괴감이 들었다. 나는 아이를 무섭게 혼내는 그 선생님들을 배우기 시작했다. 화를 내고 소리를 질러도 그러면 안 된다고 하는 사람이 없었다. 점점 웃음을 잃어갔다. 그토록 간절히 원하던 교사가 되었지만 행복하지 않았다.

그런데 특수반에 데려다주러 가는 길에 태경이는 종종 나에게 물었다.

"선생님 나 사랑해요, 안 사랑해요?"

나는 기분에 따라 "말 잘 들으면 사랑하지"라고 대답했다가, 화가 났을 땐 "이렇게 말을 안 듣는데 사랑하겠니?"라고 대답했다. 이걸 물어본다는 게 어이가 없었고, 내가 아이를 사랑한다고 생각하지도 않았다. 그리고 반 아이들을 꼭 사랑해야 한다는 생각도 없었다. "사랑합니다"라는 교내 인사말은 정말 무의미한 인사말일 뿐이었다.

나는 몇 년간, 친절하게 시작했던 첫해 2012년을 너무나 후회했다. 처음부터 무섭게 했다면 어땠을까 하고 수십 번 수백 번을 생각했다. 그래서 무서운 선생님이 되기로 결심했다. 두 번의 실수는 하지 않겠다는 마음으로 새 학교로 옮긴 첫날부터 아이들 앞에서 절대 웃지 않고 무섭게 대했다. 어색함 반, 기대 반으로 교실에 들어오며 인사하는 아이들에게 무표정으로 차갑게 말했다.

"조용히 자리 보고 들어가서 앉아."

그렇게 아이들과 거리를 두며 무섭게 그리고 적당히 학급을 운영하기 시작했다.

한없이 가라앉던 교직 생활이 초보 수영 단계로 넘어갈 수 있었던 것은 한 권의 책 덕분이었다. 우연히 참여했던 연수에서 한 선생님이 권영애 선생님의 '버츄프로젝트'라는 연수를 추천해주었다. 그 연수를 듣고 『그 아이만의 단 한 사람』이라는 책을 읽게 되었다. 한 아이를 위한 선생님의 헌신과 그 영향을 받은 학급 아이들의 이야기가 큰 충격으로 다가왔다. 아이들을 이런 마음가짐으로 대하는 선생님이 존재한다는 사실이 놀라웠다. 그래서 권영애 선생님의 버츄코칭리더학교에 참여하게 되었고, 이곳에서 중요한 것을 깨달았다. 아이들을 변화시키기 위해서는 내 마음가짐이 먼저 달라져야 한다는 것이다. 아이들을 그냥 사랑해주고 믿어주면 정말 변할까? 간절히 달라지고 싶었기에 일단 한번 해보기로 했다.

내가 변하기로 마음먹은 2017년, 운명처럼 우리 반에 또다시 특수반 아이가 배정되었다. 정말 무섭게 하지 않아도 괜찮을까 걱정도 되었지만 나를 믿어보기로 했다. 첫날 아이들을 향해 밝게 미소 지으며 이야기했다. "선생님은 올 한 해 너희들을 사랑해 줄 거야."

얼어 있던 아이들의 표정이 환하게 펴지는 것이 느껴졌다. 학부모 총회에서는 학부모님들께 나의 교육 철학을 말씀드렸다. 아이가 잘못했을 때 혼내기보다 믿어주고 도와주며 아이들을 사랑하겠다고 진심으로 이야기했다.

학교에 부정적이었던 특수반 부모님은 자신과 교육 철학이 같다며 마음의 문을 열어주셨다. 특수 아이라 학교에서 늘 지적받고 혼나는 것이 속상하셨던 어머님은 내가 아이가 잘못해도 믿어주고 사랑해주겠다는 말에 나를 존중하고 믿어주셨다. 교장실에 넣던 민원이 사라지고, 학교에 협조적으로 변했다. 아이와 손잡고 특수반에 내려갈 때 나는 종종 아이에게 말해주었다.

"있는 그대로의 너를 사랑해."

내가 웃으며 친절하게 사랑으로 아이들을 대하려고 노력한 우리 반은 드라마틱하게 무너지거나, 환상적으로 이상적인 반이 되지는 않았다. 그 해, 그다음 해 나는 남들과 같이 평범하지만 평범하지 않은 한 해 한 해를 보냈다.

그런데 조금씩 내 마음에 변화가 찾아왔다. 아이들을 사랑하게 된 것이다. 처음에는 머리로 사랑을 시작했고 점점 마음으로 사랑하게 되었다. 학급에서 아이들에게 화도 거의 내지 않았다. '아이 잘못이 아니다. 이 아이는 미덕을 스스로 깨울 힘이 있다.'라는 생각으로 이야기를 듣고 공감해주었다. 그리고 다음번에는 미덕을 깨워 이번과 다른 행동을 스스로 선택해주기를 응원하고 부탁했다. 아이들은 공포로 얼어 있는 대신 나에게 존중받는다고 느꼈고, 나도 아이들에게 존중받는다고 느꼈다. 내 마음이 얼어 있는 두려움에서 사랑으로 변했다.

아이들과 한 해 한 해 보내다 보니 벌써 10년 차, 한없이 가라앉던 나는 이제 초급반을 지나 혼자 물에 떠 수영하는 중급반으로 넘어가는 중이다.

우리가 진정으로 원했던 것

난생처음 마음이 가득 차올랐다

김은미

　나는 스스로 평범하다 못해 보잘것없다고 생각하는 여자 아이였다. 일하느라 바쁘신 부모님으로 인해 할머니 손에 컸으며 어릴 때는 봐주실 분이 없어 잠시 먼 친척댁에 맡겨지기도 했다.

　학창 시절은 평범하다 못해 엑스트라 같은 삶을 살았다. 드라마나 영화 속 주인공의 절친으로 나오는 친구1도 아닌 친구2나 친구3으로 살았다. 반에서 제일 예쁜 여학생의 친구2이기도 했으며 반에서 제일 잘나가는 여학생의 친구3이기도 했다. 공부를 열심히 하지는 않았지만 성적은 잘 나왔다. 하지만 한 번도 1등을 해본 적은 없었다. 친구와 싸우기도 했지만 금방

화해했다. 가끔 연예인에 빠져 지내기도 했다.

그렇게 무난하게 지내던 고등학교 2학년 때 키워주신 할머니가 돌아가셨다. 이상하게 눈물이 나지 않았다. 그저 뭔가 허전할 뿐이었다. 덤덤했다. 이런 나를 보고 주위에서 수군거렸다.

"쟤는 할머니가 돌아가셨는데 울지도 않노."

"할머니가 태어날 때부터 봐줬다 안했나?"

그런 이야기에도 이상하게 눈물이 나지 않았다. 그런데 화장터를 나와 돌아오는 길, 할머니가 즐겨들으시던 노래를 우연히 듣게 되었다. 거짓말처럼 눈물이 터졌다. 울고 또 울었다. 그냥 계속 울었다. 뒤늦게 울음이 터진 내가 참 이상했다. 하지만 언제나 그랬듯 금방 일상으로 돌아왔다. 수능을 치는 날에는 떨리지도 않았다. 들어갈 때 혼자 씩씩하게 잘 들어갔고, 밖에 나오니 마중 나오신 엄마만 고생했다며 눈물을 글썽였다.

나에게도 꿈은 있었다. 어릴 때부터 줄곧 만화책으로 가득채운 서재를 가진 만화가가 되고 싶었다. 대학 진학을 앞두고 만화과에 가고 싶었지만, 생각보다 수능점수가 꽤 높았다. 부모님은 교대에 진학하기를 원하셨다. 만화가의 꿈을 포기하고 교대에 갔다. 평생 꿔왔던 꿈을 포기했지만 슬프지 않았다.

교대 생활은 평범했다. 같은 과 동기들이 공부할 때 같이 공부하고, 실습할 때 같이 실습했다. 같이 임용고시 준비를 하다 보니 어느 순간 교사가 되어있었다. 다른 선생님들이 하는 것처럼 아이들을 만나고 그럭저럭 학교생활을 잘해나갔다. 학부모와 아이들과의 관계도, 동료 교사들이나 관리자와의 관계도 나쁘지도 그렇다고 특별히 좋지도 않았다.

그저 언제나처럼 그럭저럭 잘 지내왔다. 하지만 늘 가슴 한편이 허전했다. 뭔가 작은 구멍이 있는 것 같았다. 자꾸 집을 떠나 새로운 생활을 하고 싶었다. 그럴 때 한 남자를 만났다. 결혼하면서 원하던 독립을 이루었지만 새로운 삶이 그리 쉽지는 않았다. 그렇다고 남편을 붙들고 하소연하거나 어려움을 토로하지는 않았다. 또 그럭저럭 살아가면 되니까.

10년을 넘게 교직에 있으면서 아이들과 보이지 않는 벽을 느꼈다. 공부 잘하고 인기 많은 아이보다 혼자 지내는 아이들에게 더 눈이 갔다. 그렇다고 깊게 다가가고 싶지도 않았고, 깊게 누군가를 담고 싶지도 않았다.

교직 경력 13년이 되던 해, 처음으로 힘에 부치는 아이를 만났다. 그동안 힘든 아이들을 만나도 나름 잘 지내왔는데 이번은 달랐다. 매일 아버지에게 맞고 오는 그 아이는 어른에 대한 적개심으로 나를 공격하기 시작했다. 그 아이가 무서웠던 다른 아이들은 그저 조용히 지켜보기만 했다. 혼자서 온전히 이겨내야 했던 하루하루가 외로웠다. 내 편은 없는 것만 같았다. 모두 그만두고 싶었지만 그러지 못했다. 나도 아이들도 견뎌내어야만 했던 시간이었다.

그때부터 다시 공부했다. 나를 위한 공부였지만 돌이켜 생각하면 그 아이를 도와주는 방법을 알고 싶었던 것 같다. 7년 가까이 부산에서 서울을 오가며 공부했다. 자신과 비슷한 사람들을 만나고 멘토가 되는 선생님을 만나며 배우고 또 배웠다. 하지만 배움이 커질수록 가슴속의 구멍도 함께 커졌다.

'저 선생님은 같이 배웠는데 어찌 저리 훌륭하게 펼쳐낼까?'

'저 선생님은 저걸 저렇게 적용하시는구나. 대단하다.'

대단한 사람들을 만나니 상대적으로 내가 더 초라하게 느껴졌다. 그래서 매년 새로운 것을 배우고 또 배웠다. 하지만 이상하게 구멍이 더 커졌다.

어느 순간 가슴 속 구멍에 무언가가 자리 잡고 있는 것이 느껴졌다. 바로 작고 작은 어린아이였다. 벌거벗었으며 온몸에는 검댕이가 묻어 있었고 춥고 외로워 보였다. 그 어린아이는 어느 날부터 계속 무언가를 속삭이기 시작했다. 애써 듣지 않고 구멍을 메우고 메웠다. 구멍을 덮고 덮었다. 그 위에 문을 만들고 자물쇠를 꼭꼭 잠갔다. 다행히도 그 소리는 이제는 들리지 않지만, 여전히 뭔가 허전했다.

그러던 어느 해에 선생님들의 멘토 권영애 선생님을 만났다. 처음 만난 그 순간을 지금도 잊지 못한다. 권영애 선생님은 내가 만난 어느 사람보다도 눈부시고 따뜻했다. 어미 닭을 만난 병아리처럼 종종거리고 주변을 맴돌았다. 한 번이라도 안겨보려고 슬그머니 다가갔다. 나를 꼭 안아주시는데 이상하게 눈물이 났다.

먼저 마음을 열기는 두려웠지만 그렇다고 권영애 선생님과 모임을 그만두고 싶지는 않았다. 모임 속에서 만난 선생님들이 마음을 열고 스스럼없이 솔직하게 자신의 마음속 깊은 이야기를 들려주는 모습이 참 눈부셨다. 따뜻한 말씀과 따뜻한 눈빛이 뭔가 낯설고 부끄럽기만 했다. 권영애 선생님을 만나고 난 뒤 덮어놓은 구멍에서 나는 소리는 더 커져갔다. 이러다가 왠지 문이 열릴 것만 같았다. 시커먼 구멍에 있는 초라한 나의 모습을 들킬 것만 같았다.

무슨 용기였을까. 구멍 안 아이의 말이 문득 궁금해졌다. 그 아이는 더 무슨 말이 하고 싶은 걸까. 겁은 나지만 문 가까이 가서 귀를 기울였다. 다가가니 진짜 소리가 들렸다. 멀리서 들을 때는 몰랐는데 가까이 다가가니 정확하게 들렸다.

'사랑받고 싶어…, 인정받고 싶어….'
'다른 사람도 품어줄 수 있을 만큼 넉넉해지고 싶어….'

'나도 저 사람처럼 멋진 사람이 되고 싶고 다른 사람들도 도와주고 싶어…'

다시 보니 그 문은 잠겨있지 않았다. 자물쇠는 걸려있었지만 잠겨있지는 않았다. 문이 활짝 열렸다. 초라하고 검댕이가 묻은 벌거벗은 여자아이가 빛나기 시작했다. 작게 시작된 그 빛이 환하게 빛나더니 어느 순간 문도 구멍도 다 사라졌다. 여전히 벌거벗었지만, 검댕이는 사라지고 환하게 빛이 나는 아이가 있었다. 당당하게 선 모습이 멋져 보이고 커 보였다. 그 아이는 나를 꼭 안아주었다.

따뜻하고 따뜻하다.
사랑받고 싶었구나.
인정받고 싶었구나.
부끄러운 마음이 아니구나.
솔직하고 아름다운 마음이구나.
네가 곧 나고, 내가 곧 너구나.

마음이 가득 차올랐다. 나도 같이 빛이 나는 것 같았다. 아이가 손을 내밀었다. 나는 그 손을 뜨겁게 잡았다. 그리고 세상을 향해 작지만 큰 한 걸음을 아이와 함께 내디뎠다.

내 마음의 얼음이 녹을 때

박지숙

　내가 처음 버츄프로젝트를 접했을 때는 '그저 학급 운영의 하나'에 불과했다. 미덕 통장 쓰면서 미덕을 다짐하고 못 하는 학생들은 미덕 필사를 시키며 반성하게 했었다. 어떻게 보면 학생들에게 미덕을 핑계로 '착하게' 지적하고 죄책감을 심어주어서 오히려 '얼음'으로 만들었던 것 같다. 그래서 학급 운영을 할 때 미덕은 2학기 때, 흐트러지기 쉬울 때 적용하는 하나의 단계였다. 그런데 권영애 선생님의 책과 연수를 만나고 나서 지금까지 내가 버츄마인드를 잘못 적용했던 것을 뒤늦게 알게 되었다.

매일 아침, 연수를 다시 들으면서 출근을 했다. 그리고 교실에 들어서면서 아이들에게 고백했다.

　"얘들아, 미안해. 선생님이 잘못 알고 있었어. 너희들에게는 52개의 보석이 있어. 선생님이 그것을 못 알아봤어. 너희 잘못이 아니야."

　솔직하게 나의 마음과 버츄의 의미를 이야기하면서 사랑 에너지를 전달하려고 노력했다. 감사하게도 아이들은 내 마음을 알아주었고 금방 미덕 활동에 적응했다. 3개월 만에 우리 반은 더 따뜻한 반이 되었다.

　특히, 반에서 가장 힘들었던 얼음이의 변화는 정말 놀라웠다. 늘 화가 가득 차 있었고, 어른들에게 함부로 행동하고 다른 사람을 신뢰하지 않던 아이였다. 자기 뜻대로 되지 않거나, 자기 말이 통하지 않으면 폭력적인 언행과 행동이 나왔다. 그런데 큰 눈으로 따지듯, 하지만 간절한 눈빛으로 질문했다.

　"선생님, 정말 제 잘못이 아니에요? 저도 달라질 수 있어요? 저도 제 안에 미덕이 많아요? 저도 그 미덕을 찾아서 닦으면 보석처럼 빛날 수 있어요?"

　"그러엄~! 당연하지! 넌 이미 열정의 미덕도, 책임감의 미덕도 빛나고 있는걸! 네 안에 있는 미덕을 찾아봐, 넌 어떤 미덕을 빛내고 싶니? 우리 그 미덕도 찾아서 함께 키워보자!"

　그 후, 얼음이는 정말 변했다. 자신이 귀한 존재임을 알고

난 후 다른 사람을 존중하기 위해 노력했고, '그럴 수 있어'라고 말하면서 상대방을 이해하고 분노하지 않는 모습에 다들 놀랐었다.

내가 변하니 아이들도 변하고 주변이 변하는 것을 느끼게 되었다. 나를 귀한 존재로 여기는 마음이 생겼고, 아이들을 격려하려고 노력했다. 아이들도 그 마음을 알고 나를 존중해준다. 지금은 오히려 내가 힘들 때 아이들이 나를 위로해주고 사랑 에너지를 채워주는 덕분에 또다시 일어설 힘을 얻는다.

이렇게 학교에서는 아이들을 향한 마음과 행동이 일치되어 가는데 가정에서는 아직 삐걱거린다. 오히려 가정에서는 아이들의 말에 귀 기울이고 공감해주지 못한 부분이 많았다. 아마도 내가 우리 아이들에게 너무나 부정적인 것을 많이 주어서 그랬을 것이다. 얼음이 된 우리 아들들에게 먼저 사랑해주려고 노력한다. 나도 모르게 부정적인 표현이 나오기도 하지만, 나의 마음이 닿아서 우리 아들들의 얼음이 조금씩 녹도록 노력하는 중이다.

"나도 엄마 마음 알지, 엄마가 늘 내 편 들어주는 것 알지. 그래서 감사하지."

아이가 불쑥 뱉은 말에 감사함이 넘친다.

'아 우리 아이 마음속 얼음이 조금씩 녹고 있구나.'

'지금처럼 믿어주고 이 아이를 귀한 존재로 봐주자. 나의 뜨거운 사랑으로 얼었던 마음이 따뜻하게 채워질 때까지.'

나를 애쓰게 하는 것들

박지숙

교사 4년 차에 수학여행을 가다가 큰 사고가 났었다. 9시 뉴스에 나올 정도로 큰 사고였다. 감사하게도 학생들은 안전 띠를 매고 있었지만, 그 사고로 버스 기사님이 돌아가시고, 많이 다친 학생들도 있었다. 사고 당시 내가 들었던 생각은 가족도 아니었다. '아! 나 죽었구나'라는 생각이 들었다. 그 짧은 찰나의 시간에 내 인생이 눈앞에 영화처럼 촤라락! 하고 지나갔기 때문이다.

'아. 이제 죽으니 나의 교사 생활은 끝이구나.'

나에게는 교사라는 자리가 크고 귀했다는 것을 새삼 느꼈던 사건이었다. 늘 열심히 살았고, 열정적이었던 나였지만 그때 사고는 내게 또 다른 전환의 시기였다. 다시 얻은 삶에 대한 감사함, 살아있음에 감사함, 그리고 더! 열심히 더! 잘살고 싶은 마음뿐이었다. 그래서인가 더 열심히 잘하고 싶었다.

아이를 낳고 3년 육아휴직 후 복직하니 조급한 마음이 들었다. 뒤처진 것 같고 더 열심히 해야 하는 마음이 나를 옥죄었다. 젊은 선생님들에게 좋은 선배의 모습을 보여주고 싶었다. 도움을 받는 것보다 도움을 주고 싶었다. 하지만 그 길이 참 외롭고 힘들었다. 그래서 더욱더! 잘하고 싶고 인정받고 싶은 마음에 계속 배우고 연수를 받았다.

예전에는 열정과 소명감으로 열심히 살았다면 어느 순간 주변의 인정과 관심이 높아질수록 난 '그런 사람'이 되어야 했다. 나만의 무언가를 찾기 위해서 고군분투했다. 이미 앞서서 간 이들을 따라가는 것은 무리임에도 계속 달려갔다. 버츄를 하면서도 그 무엇을 찾아 헤맸다. 완벽해지기 위해서 끊임없이 나를 괴롭혔다. 그 완벽은 절대 이루어질 수 없기에 자신을 너무 힘들게 했다. 타인의 인정에 목말라 했고 더 잘하고 싶었다. 그런데 그 안에 나는 없었다. 내가 이 일을 하면서 기쁘고, 보람이 있어야 하는데 어느 순간 그런 나는 사라지고 다른 사람의 시선, 다른 사람의 칭찬과 인정을 따라가고 있었다.

『귀가 큰 아이』라는 그림책이 있다. 그림책 속 아이는 다른 사람의 말과 시선에 판단이 늘 흔들렸다. 자기 생각은 없었다. 그 사람이 좋아하는 색, 음식, 노래 등이 곧 내가 좋아하는 색, 음식, 노래였다. 사실 속으로는 다른 것을 좋아함에도 그렇게 말하면 상대방이 싫어하거나 불편해할까 봐 큰 귀로 들은 대로 그 사람들에게 맞췄다. 그린 귀가 큰 아이는 바로 나였다. 다른 사람의 기대에 어긋나지 않기 위해 늘 카멜레온처럼 나의 색을 바꾸어 눈치를 보고 열심히 했다. 그래서 동료 교사들, 관리자들에게 좋은 선생님, 열정적인 선생님이라는 이야기를 들었다.

학생들에게도 좋은 선생님이 되고 싶었다. 나 역시 어느새 귀가 큰 아이가 되어 그런 말에 귀 기울이고 기대어 있었다. 새로운 교육법 콘텐츠가 나오면 배우러 다니고 적용하느라 바빴다. 왠지 배우고 나면 내가 성장한 것 같았고, 잘하는 것 같은 뿌듯함이 올라왔다.

지금까지 나의 열정과 노력으로 많은 아이가 다 내 품에 들어왔다. 좋은 선생님이라는 말을 학부모와 학생 그리고 주변 동료 교사에게도 많이 들었다. 그건 나에게 또 다른 훈장과 같았다. 그 수식어가 더 빛나도록 더 열심히 했었다.

하지만 늘 복병을 만나기 마련이다. 나의 열정으로 변하지 않는 아이를 만난 것이다. 그때 정말 많이 당황했었다. 그 아이를 변화시키고 싶은 나의 욕심이 앞서다 보니 정말 많은 교육법을 적용했었다. 하지만 그 아이는 늘 얼음이었고, 다른 친구들에게 불평불만이 많았다. 수업에 매번 태클을 거는 학생이었다. 학부모님 상담 기간이었다.

"어머님, 우리 ○○이 잘하고 있어요. 자기 의견을 잘 표현하는 주도적인 학생이에요."

"선생님, 그렇게 돌려서 말씀 안 하셔도 됩니다. 저도 우리 아이 잘 알아요. 이 아이는 고집불통에 정말 종잡을 수 없어요. 엄마인 저도 힘든데 당연히 선생님은 더 힘드시겠지요."

그런데 그 말에 정신이 번뜩 들었다.

'사랑 에너지 일치!'

아이의 엄마도 나도 아이를 사랑하는 마음은 같을 수 있지만, 아이가 힘들게 하는 모습을 보면서 아이에게 다른 모습들이 많이 비쳤을 것이란 생각이 들었다. 겉으로는 사랑한다고 하면서 속으론 '그만 좀 했으면' 하는 마음이 아이에게도 전해졌을 것이라는 생각이 들었다. 어머님과 같이 '플립Flip'보드게임을 이용하여 심성 상담 활동을 같이했다. 어머님이 생각하는 아이의 문제점을 고르게 한 후 하나씩 뒤집어가면서 이야기를 나눴다. 문제라고 생각했던 카드를 뒤집으면 긍정적인 문구들이 나온다. 이를 통해 유난히 단점이 많다고 생각했던 것들이 모두 장점으로 바뀌는 순간을 함께 경험했다. 어머님과 둘이 약속했다. 우리 이런 긍정의 눈으로 아이를 바라보자고.

그 후에 아이는 달라졌을까? 아니다 그대로였다. 하지만 나의 시선을 바꾸려고 노력했다. 하지만 여전히 나는 흔들렸다. 내가 흔들리니 반이 흔들렸다. 반 아이들이 착해서 늘 교실을 흔드는 한 아이에게 어떻게 말도 못 하고 참아내는 모습이 안쓰러웠다. 그러던 중 그 아이의 불손한 말투와 행동으로 나의 마음이 또 흔들렸다. 아이를 타일러 보아도 계속 불평만 하는 모습에 너무 지쳤던 것 같다. 전담 시간에 아이들을 보내고 혼자 뛰쳐나와 운동장 한구석에 앉아서 펑펑 울었다. 미덕으로 아이들을 사랑해주고 너의 미덕이 빛나고 있다고 말해주고 미덕을 찾아서 닦으라고 말해주었을 때 다른 아이들은 감동하고 또 빛나려고 애쓰는데, 왜 이 아이는 자신이 보석이니, 대접해달라고만 하고 다른 친구들도 보석임을 인정하지 않을까? 정말 마음이 아팠다.

버츄를 내가 잘 실천하고 있나 하는 회의감이 몰아치고 있었을 때 꽃 샘에게 전화가 왔다.
"사랑하는 쑥 샘, 잘 지내지? 갑자기 생각이 나서 전화했어요."
목소리를 듣자마자 펑펑 울었다.

"아니요. 꽃 샘 저 잘 못 지내요. 저 미덕 천사가 아니고 타락 천사 같아요."

"우리 쑥 샘이 얼마나 사랑스러운데, 이렇게 아이들에게 사랑을 더 주고 싶어 하는 마음이 얼마나 귀해. 실패했다고 말하면서도 다시 시작하려고 하는 우리 사랑스러운 쑥 샘! 괜찮아요. 다시 시작하면 돼. 정말 옆에 있으면 꼭 안아주고 싶어. 쑥 샘 힘내요."

내 안에 얼었던 마음이 다 녹아내렸다. 위로의 마음을 얻고 힘을 내서 아이들에게 갔다.

"여러분, 선생님이 여러분들에게 항상 미덕으로 사랑 에너지를 충전해 주었다면 이번에는 선생님이 받고 싶어요. 선생님에게 응원의 말을 써 줄 수 있을까요?"

아이들이 내게 힘내라고 응원의 쪽지와 포옹을 해주었다. 심지어 나를 힘들게 했던 그 아이가 써 준 글을 보면서 헛웃음이 났지만 싫지 않았다.

"선생님, 도대체 누가 그렇게 선생님을 힘들게 했대요? 힘들 때는 제게 다 말하세요! 제가 다 들어드릴게요."

아이들에게 솔직하게 마음을 이야기하니 아이들이 나에게 에너지를 충전시켜 주었다. 다시 일어날 힘이 생겼다. 늘 잘해야 했고, 잘하고 싶었기에 더 많이 배우고 열심히 했지만 때로는 조금은 힘을 빼고 마음을 열었을 때 더 공감하고 함께 할 수 있게 되는 것 같다. 꽃 샘이 늘 달리고 있는 나를 보면서 말씀하셨다.

"그러지 않아도 돼요. 지금도 열심히 보이지 않는 곳에서 애쓰는 선생님이 참 대단해요. 유명해지려고 하지 않아도 돼요. 콘텐츠가 없어도 돼요. 보이지 않는 곳에서 열심히 아이들을 위해서 노력하고 살아가는 선생님들을 존경해요."

'그래, 나도 지금처럼! 누군가의 인정이 아니라 이렇게 노력하는 나의 모습 자체를 사랑하자.'라는 마음이 생기니 애쓰는 이유와 방향이 달라졌다. 보이지 않는 곳에서 애쓰고 있는 나를 알아주고 기억해주는 누군가가 있음에 감사했다. 그리고 나의 지금, 이 길이 틀리지 않음에 감사하며 다시 나를 토닥이며 가기로 했다. 여전히 애쓰지만, 이제는 타인의 인정 때문이 아니라 그것이 진정으로 나를 사랑하는 길이라는 것을 안다. 아무도 몰라줘도 나는 안다. 진심으로 애쓰는 내가 사랑스럽다. 자랑스럽다. 애쓰다 울고 있는 나를 안아주고 싶다. 내가 나를 사랑할 때, 지치고 화나고 때로는 어긋나기도 하지만 사랑 에너지는 다시 어김없이 채워져 나를 일으킨다. 그렇게 사랑으로 충전된 에너지로, 나는 오늘을 또 애쓴다.

내가 찾은 삶의 질문들

박호규

권영애 선생님을 처음 만난 건 책을 통해서였다. 나는 그런 책은 처음 보았다. 한 문장 한 문장이 무겁고 느리게 다가와서 스며들고 눈물이 나는 기분이었다. 정말 펑펑 울었다. 이게 뭐지, 해석할 수 없음에 멈추면서도 책을 든 두 손을 멈출 수가 없었다.

우연히 그분을 연수에서 직접 뵐 수 있었다. 꽃 샘의 첫인상은 살아있음 그 자체로 감사한 분이었다. 내가 꽃 샘과 같은 삶을 살았다면 나는 저 자리에서 감동을 주고 기쁨을 주는 강의를 할 수 있었을까, 의문이 들었다. 너무 쉽게 포기라는 단어가 떠올랐다.

꽃 샘이 넘은 고통과 시련이라는 터널은 정말 쉬운 길이 아니었다.

'어떻게 저런 선생님이 나와 같은 선생님일 수 있지?'

사실 나도 쉽게 교직 생활을 하지는 않았다. 아이들에게 옆차기도 당해 몸보다 더 아픈 마음도 있었고, 그 아이가 부모님 이혼으로 방황할 때는 가정방문을 해 그 아이 집에서 함께 울어준 기억도 있었고, 나는 교사 자격이 없는 게 아닌가 하는 자격지심에 일주일에 한 번 이상 공개수업도 해보았고, 바로 찢겼지만 우울한 마음이 반복돼 사직서를 낸 적도 있었다.

또 5년 동안 왕따를 경험해 덩달아 너무 힘들어 보였던 학부모님께, "이제 저를 만났잖아요. 제가 열심히 살려볼게요."라는 말도 건네보았다. 그런데도 상황을 크게 바꾸지 못해 심한 능력 부족과 아쉬운 마음이 들었다. 오히려 나를 만나 안 좋은 방향으로 흐르는 무기력한 아이도 보았다. 수많은 동료 선생님들에게 그 반 학생 힘들다고 잘 지도하라는 충고와 조언도 들었다.

그런 현실에서 도망쳐 갈망하듯 연수를 들었고, 연수에서 들은 이상적인 것들을 내 교실에 바로바로 실천해보다 '내 반은 역시 안돼.'라는 반복된 실패, 무기력을 경험했고, 정말 겨우 시간을 낸 여행에서는 얼음보다 뾰족하고 차가운 한 학부모의 목소리가 나를 공격하는 순간도 있었다.

그때 죄송하다는 말밖에 할 수 없던 나의 모습을 보면서, 전화 받기가 두려워 피하게 되고 한없이 작아지는 나 자신을 보았다. 이 길을 내가 30년 걸을 수 있을까, 그런 질문들이 무겁게 머릿속에 가득했던 것 같다.

그랬던 경험들이 다 씻기는 기분이었다. 그 순간은 어떤 말로도 표현이 안 되는 존재 만남이었다. 처음 보는 사람이 아니라 그 사람의 삶이 온전하게 나의 삶에 접속하는, 연결되는 느낌이었고 그 기분이 너무 따뜻해 한참을 안고 싶고, 안기고 싶은 마음이었다.

돌아보면 그때 나는 그 선생님의 존재 자체가 너무 고맙고 다행이고 존경스럽다고 생각했던 것 같은데, 그 생각을 동시에 그분도 나를 보며 해주셨던 것 같다. 나 자체로 귀하고 내가 살아있음만으로도 잘하고 있다는 깊은 인정과 무한한 존중 같았다.

자존감 이전의 존재감이라며 항상 존재를 귀하게 여기시던 메시지가 기억이 난다. 나는 그렇게 존재감이라는 단어를 내 삶에 처음 느꼈다. 나도 귀한 존재였구나, 나도 무엇이든 내가 선택할 수 있구나, 삶이란 용기를 빛내 살아볼 만한 곳이구나, 알게 되었다.

그게 인연이 되어 버츄코칭리더모임에 가입하게 되었다. 그곳에서 체험으로 알게 된 사랑이라는 단어와 성찰 속에서 나만의 철학과 신념을 채워 갈 수 있었다. 내가 찾은 삶의 질문을 몇 가지 적어보면 다음과 같다.

학생은 변할 수 있는가, 없는가.

교사는 엄한 모습으로 지도하여야 하는가, 사랑으로 지도하여야 하는가.

교사이기 전에 나는 어떤 사람인가, 어떤 사람이고 싶은가.

내가 죽는다면 어떤 단어를 남기고 싶은가, 내가 품고 살아가는 나만의 고유한 단어는 무엇인가.

나에게 직업은 무엇이며 단순히 돈을 버는 것과 차이는 무엇인가.

꽃 샘이 나라면 이 순간에서 어떤 선택을 할 것인가.

부정적인 일이 올 때 멈추고 알아차린 뒤 정화하고 재해석하는 구체적인 방법은 무엇인가.

사랑하는 사람에게 줄 수 있는 가장 귀한 선물은 무엇인가.

스토리듀어의 삶은 얼마나 소중한가.

살아있음만으로 충분하다는 메시지가 확장되어 수많은 질문을 사유하는 존재가 되어있었다. 뻔한 언어, 어디서 들어본 듯한 언어가 아니라, 정말 내가 느끼고 체험한 나만의 언어로 정리되는 기분이었다.

언어는 존재의 집이다. 나는 어느새 더 큰 메시지를 품은 사람이 되어있었다. 참 감사한 마음이 들었다. 나도 언젠가 누군가에게 그런 따뜻한 사랑을 건네는 사람이 되고 싶다.

특별함을 버리고 비로소 특별해지다

송미숙

어렸을 때 나는 참 특별한 아이였다. 이야기 속 주인공처럼 잘하는 것이 많았고, 하고자 하면 뭐든 해낼 수 있었으며, 부모님의 사랑을 듬뿍 받으며 자랐다. 어린 시절 일상엔 특별한 이야기가 가득했다. 하지만 이런 특별함은 중, 고등학교 그리고 대학교로 올라갈수록 빛이 바랬다. 공부를 잘하는 줄 알았는데 나보다 더 잘하는 친구들도 많았고, 사람들이 모두 나를 좋아하는 줄 알았는데 그렇지 않았다. 뭐든 잘 해낼 수 있는 줄 알았는데 실패하는 경험도 겪으며 점점 평범한 사람이 되어 갔다.

선생님이 되어 학교에 가니 이런 생각은 더욱 커졌다. 학교에는 대단한 능력을 갖춘 선생님들이 많았다. 시키면 뭐든 다 척척 해내고 뚝딱 만들어내는 능력이 놀라웠다. 교사 커뮤니티나 교사 유튜브를 보면 생각지도 못한 톡톡 튀는 아이디어로 학급을 경영하는 선생님이 너무 많았다. 그 반 아이들이 부러웠고, 그 선생님의 능력이 부러웠다. 그때부터였던 것 같다. 내가 연수를 듣기 시작한 것이.

시작은 동료 선생님의 이야기였다. 오랜만에 만난 발령 동기 선생님이 주말에 연수를 들으러 다닌다고 했다.

"아니 쉬기도 바쁜 주말에 공부하러 다닌다고? 도대체 왜?"

"그냥 이렇게 적응하며 한 해 두 해 지나 그저 그런 평범한 선생님으로 끝날 것 같아서."

그 말을 듣고 있는데, 갑자기 나도 그냥 그런 평범한 선생님이 되는 건 아닐까 덜컥 겁이 났다. 경력이 적을 때는 어리니까, 아직 경험이 없으니까 조금 부족해도 괜찮다고 하겠지만 경력이 많은데도 별다르게 잘하는 것이 없다면 무능력하게 보일 것 같았다. 이것저것 배우다 보면 조금은 특별한 선생님이 되지 않을까 하는 생각으로 함께 연수를 듣기 시작했다. 주말을 반납하고 열심히 연수를 들었다. 그러면 내가 발전하는 것처럼 느껴졌고, 계속 노력하다 보면 특별하고 탁월한 선생님이 될 수 있을 것 같았다.

그런데 연수에 참여하면 할수록 더욱 특별함과 멀어져갔다. 반면 함께 배우는 다른 선생님들은 다들 하나같이 특별해 보였다. 둥글게 원으로 모여앉아 이야기를 나눌 때면, 어떤 선생님은 멋진 은유적인 표현으로 감동을, 어떤 선생님은 짧은 말 한마디로 깊은 통찰을, 어떤 선생님은 유머러스한 표현으로 웃음을 주었다. 아이디어를 낼 때도 어쩜 배운 것들이 그리 많은지 나는 PDC(학급긍정훈육법)이나 버츄프로젝트가 뭔지 난생처음 들어보는데, 다른 선생님들은 여러 이론과 활동을 교실에 적용하며 자신만의 학급을 운영하고 있었다. 어떤 선생님은 그림책으로, 어떤 선생님은 교육 연극으로, 어떤 선생님은 교실 놀이로, 나만 빼고 모두가 전문가 같았다. 모두 특별해 보였고, 그에 비해 나는 초라해 보였다.

연수를 듣고 배운 것들을 교실에 적용하기도 쉽지 않았다. 주말을 반납하고 열심히 배워왔는데 막상 교실에 적용되지 않으면 속상하고 화가 났다. 주말까지 좋은 교사가 되기 위해 노력하는데 아이들은 왜 이 모양일까 서운하고 야속했다. 배워온 교실 놀이를 할 때면 10번 중 9번은 싸움이 일어났다. 다른 선생님들은 이 활동을 즐겁게 했다는데 우리 반은 도대체 왜 이럴까 하는 생각이 들었다. 버츄프로젝트의 52개 보석을 알려주며 마음속에 보석이 있다고 이야기해도 아이들은 서로를 배려하고 존중하지 못한 채 싸움을 일삼았다. 결국 "너는 마음속에 보석이 전부 자고 있니?"라며 미덕으로 아이들을 혼냈다. PDC에서 아이들을 친절하고 단호하게 가르쳐야 한다고 배웠지만, 어느 날은 친절하기만 했고, 어느 날은 단호하기만 했다. 아무리 연수를 들으며 지식과 노하우를 배워도 해결되지 않는 무언가가 있었다.

버츄코칭리더학교에서 권영애 선생님을 만나고 알게 되었다. 지식과 노하우를 통해 인간을 변화시킬 수 있는 것은 30퍼센트 밖에 안 된다는 것을, 아무리 지식과 노하우를 배우고 적용해도 그것만으로는 아이들을 쉽게 변화시킬 수 없다는 것을 말이다.

그때부터 우리 반 아이들에게 지식과 노하우를 전달하는 것보다 어떤 체험이나 경험을 주고 싶은지를 고민하게 되었다. 일회성 이벤트나 특별한 활동에 집중하는 대신 평범한 일상 속에서 아이들에게 정성을 쏟기 위해 노력하기로 했다. 한 명 한 명 눈을 맞추며 아이들의 일상에 관심을 가졌다. 교실에서 사랑과 존중받는 경험을 하는 것이 무엇보다 중요하다는 것을 알았기 때문이다.

나는 나 자신도 그렇게 있는 그대로 존중하며 받아들이게 되었을 때, 비로소 완벽하지 않아도, 탁월하지 않아도 존재 자체가 소중하고 특별하게 생각되었다. 잘하는 것도 있고 못 하는 것도 있지만, 좋은 사람, 좋은 교사가 되기 위해 노력하는 세상에 하나뿐인 소중한 나라고 생각하자 남들이 어떻게 보든 스스로가 특별하게 느껴졌다. 우리 반 아이들도 자기 자신을 사랑하고 소중히 여기는 특별한 사람이 되기를 바라본다. 외부에서 특별함을 찾는 대신, 자신을 이해하고 나에게 집중하면서 나는 비로소 이 세상에 하나뿐인 특별한 사람이 되었다.

나는 행복한 사람이었다

이정원

    초등학교 시절, 가족들과 저녁 식사를 하다가 실수로 물컵을 떨어뜨렸다. 이유는 모르겠지만 숨이 막히는 정적이 흐르던 부엌에는 컵이 깨지는 날카로운 소리만 가득 찼다. 아버지는 그 정적을 깨고 큰소리로 호통을 치셨다. 너무 무서워 말없이 눈물을 흘리자 뭘 잘했다고 우냐면서 더욱더 호되게 혼을 내셨다. 군인이셨던 아버지는 엄한 훈육을 통해 마음이 여린 내가 강해질 거라고 믿었지만, 나는 오히려 얼음 위를 걷듯 위축되고 긴장됐다. 실수하지 않으려고 애썼지만 관계는 더욱더 힘들었다.

고등학교 때 한 친구와 사이가 틀어진 후 따돌림을 받기 시작했다. 그 친구는 반에 힘이 센 친구와 함께 다른 아이들이 나와 친하게 지내지 못하도록 했다. 같이 이야기 나누고 밥 먹을 친구 하나 없이 고통스럽게 지내던 어느 날, 오해가 생겨 한 아이가 우는 사건이 있었다. 내가 한 것이 아니라고 말했지만, 친구들은 변명이라고 생각하며 나를 비난했다. 내 말을 믿어주지 않으니 억울했고 내 편은 없다는 사실에 서글펐다. 늦은 저녁 자율학습 시간, 그동안의 어려움과 원망을 모두 쏟아내며 학교를 그만둔다는 편지를 써놓고 교실을 빠져나왔다. 그런데 참 이상했다. 모든 것이 끝났다는 절망으로 집에 왔는데 내 마음에 한 줄기 희망의 소리가 들렸다.

'하나뿐인 소중한 인생, 절대 포기하지 마.'

그 목소리는 몇 시간 후 생각지도 못한 큰 선물을 함께 가져왔다. 반 친구 세 명이 우리 집으로 찾아왔다. 친구들은 나를 위로하며 학교를 그만두지 말라고 했다. 그 덕분에 나는 다시 학교에 갈 용기를 얻었고, 무사히 졸업까지 할 수 있었다.

고3 때부터 엄마가 아프셨다. 언제 돌아가실지 모른다는 불안감과 공포 때문에 자주 악몽을 꿨다. 얼마나 심하게 악몽을 꿨는지 자고 일어나면 꽉 다문 이빨 때문에 턱이 아팠다. 죽고 죽이는 잔인한 꿈에 시달리다 보니 산다는 것이 지옥 같았다. 다른 가족들과도 갈등을 겪으며 어려운 시간을 보냈다. 엄마는 5년 가까이 투병 생활을 하다가 돌아가셨다. 장례식장에서도 사람들 눈치를 보느라 제대로 울지 못했다. 그 후에 찾아온 깊은 우울과 좌절감은 오랫동안 나의 세상을 뿌연 회색빛으로 만들기도 하였다.

교사가 되어서도 쉽지 않았다. 9월 첫 발령을 받아 맡게 된 반에는 갑자기 교실 밖으로 뛰쳐나가는 아이와 물건을 부수고 소리를 지르는 아이가 있었다. 서로 편을 갈라 아이들끼리 싸우면, 학부모님들 사이의 싸움으로까지 번지기도 했다. 어려운 상황이었지만 도움을 요청할 줄도 모르고 혼자 고민하고 괴로워하며 지냈다. 어두워질 때까지 일하고 늦은 저녁 집에 오면 두렵고 걱정되는 마음에 눈물이 났다. 울면서도 계속 학교에 다녔다. 2년이 흘렀을 때, 감당하기 힘든 학생과 학부모님이 도화선이 되어 나의 몸과 마음이 무너졌고 결국 병가를 냈다. 그동안 실수하지 않으려고 애쓰며 살아왔지만, 내 인생은 거스를 수 없는 파도에 출렁이며 가라앉았다.

내가 한없이 가라앉고 있을 때 함께해준 사람들이 있었다. 먼저 아빠와 오빠가 든든한 버팀목이 되어주었다. 사랑한다고 괜찮다고 말해주며 나를 도와주었다. 당시 교감 선생님께서도 엄마처럼 따뜻하게 안부를 챙기며 마음을 보태주셨다. 그리고 한약과 침보다는 따뜻한 차와 대화로 먼저 내 감정을 만나 주신 한의사님도 큰 힘이 되어주셨다.

그동안 나는 실수하면 끝나는 벼랑 끝에 서 있는 것 같았다. 내 감정을 먼저 돌보기보다는 비난받지 않기 위해 남에게 맞추는 것이 더 중요했다. 하지만 가장 힘든 순간에 비로소 알았다. 어떤 감정도 괜찮다는 것을…. 꾹꾹 눌러 놓았던 감정이 터지며 오랫동안 참고 있던 눈물이 뜨겁게 흘러나왔다. 텅 빈 것만 같았던 마음에 조금씩 온기가 돌았다. 벼랑 끝 세상이 사랑 가득한 눈물겨운 세상으로 변했다.

'아…, 내가 살아있는 것 자체가 사랑 덕분이구나. 사람은 서로를 위로해줄 수 있는 존재였어. 이 사람들이 없었다면 내가 어떻게 살 수 있었을까. 사랑이 없다면 어떤 존재도 살 수 없는 게 아닐까….'

처음에는 왜 나에게 이런 힘든 일들이 생기는지 세상이 너무 원망스러웠다. 그런데 내가 나를 가장 많이 괴롭히며 힘들게 해왔다는 것을 알았다. 자신을 부끄럽게 여기고 매몰차게 비난해온 목소리도 바로 나였다. 그 사실을 마주하니 너무 미안했다. 한편으로는 그럴 수밖에 없었던 상황들이 애처롭고 안쓰러워 눈물이 났다. 그래서 이제는 그 무엇도 탓하지 말고, 벌주는 것도, 미워하는 것도 그만하고 사랑하며 살자고 마음먹었다. 그렇게 나를 믿고 사랑하는 연습을 시작했다.

현경의 책 『미래에서 온 편지』(2001)와 『결국은 아름다움이 우리를 구원할 거야』(2002)를 읽으며 자기 사랑에 도움이 되는 음악, 영화, 책들을 접했다. 자기 치유의 선구자인 루이스 헤이의 책들로 확언(자기 확신의 문장)을 만났다. 인도로 40일간 배낭여행을 떠나며 완전히 새로운 세상에 나를 던졌다. 토론동아리와 교사동아리에 들어가 사람들과 함께하는 것을 배웠다. 명상, 심리상담, EFT(Emotional Freedom Techniques, 감정자유기법), 비폭력대화, 코칭, 감수성훈련, 사이코드라마, 가족세우기, 연극놀이, 미술치료, 꿈 분석 등을 조금씩 경험하며 내면의 힘을 만나기 위해 애썼다. 하지만 나는 관성대로 위축되고 눈치가 보이기 일쑤였다. 사랑보다는 두려움이 더 익숙했다.

2020년에 참여한 권영애 선생님의 버츄코칭리더 교사성장학교는 특별했다. 사랑을 실천하며 사시는 권영애 선생님의 모습은 나에게 큰 등대가 되어주었다. 따뜻하고 안전한 공동체 안에서 각자의 삶을 나누며 함께 울고 웃었다. 가장 처절하고 힘들었던 순간에 나만의 찬란한 삶의 의미가 숨어 있었다. 그것은 부끄럽거나 비참한 것이 아니라 빛나는 순간이라는 것을 배웠다.

무엇보다 교사로 살아가는 삶을 가장 귀하고 의미 있게 봐주셨다. 내가 하는 일이 가슴 뛰고 자랑스러워졌다. 아이들을 사랑하는 것은 생명을 살리는 일이었다. 학교에서 아이들을 만나며 하루하루 내 안에 사랑과 자부심, 기쁨과 행복이 쌓여 나갔다.

살다 보면 다시 큰 어려움을 만나 무너지는 날도 있을 것이다. 그런데 실패해도 괜찮고 힘들고 아픈 시간도 의미가 있었다. 오히려 가장 힘든 순간에 내 곁에는 사랑이 있다는 것을 알았기 때문이다. 그러니 산다는 것이 얼마나 따뜻하고 고마운지 모른다. 내게 생명을 주신 부모님과 계속 살아가도록 해주신 많은 사람이 함께한다. 그 사랑을 아낌없이 전하며 서로 위로하고 의지하며 살고 싶다.

나는 행복한 사람이었다.

사랑을 존재로 경험하다

허효정

난생처음 느낀 강력한 에너지였다. 말로 형용할 수 없는 신기한 경험이었다. 품에 안기는 순간 마음이 녹아내리는 듯했다. 그 어떤 말보다 위로가 되었고 온전한 존재로 존중받는 느낌이었다. 지금도 그날 그 순간을 떠올리면 온몸을 감싸던 그 에너지가 생생하게 전해진다.

평소 알고 지내던 선생님의 권유로 권영애 선생님의 버츄프로젝트 연수를 듣게 되었다. 연수를 듣고 눈물까지 흘렸다는 지인 선생님의 말씀이 백퍼센트 공감되었다. 선생님이 전하는 메시지 하나하나가 모니터를 뚫고 뜨겁게 다가왔다. 직접 뵙고 싶었던 마음이 가득했던 찰나 권영애 선생님이 버츄워크숍을 진행한다는 소식을 접하고 제주에서 서울까지 한걸음에 달려갔다.

　워크숍이 진행되는 내내 따뜻하고 안전했으며 편안했다. 살면서 가장 빛났던 순간과 어두웠던 순간을 떠올리며 짝꿍 신생님과 이야기를 나누는데 나도 모르게 눈물이 났다. 권영애 선생님이 살짝 다가오셨고 내 이야기를 나눠줬으면 했다. 모르는 사람들 앞에서 나의 어두웠던 순간을 나눈다는 게 솔직히 쉬운 일은 아니었다. 방안에 흐르던 따뜻한 온기가 아니었다면 그런 용기를 내지 못했을 것이다. 불청객처럼 찾아왔던 아픔의 순간들을 떠올리는데 하염없이 눈물이 났다.

　나의 이야기 하나하나에 공감해주며 경청해주던 권영애 선생님과 워크숍에 참석해주신 분들의 눈빛이 아직도 눈에 선하다. 오롯이 존중받고 있다는 느낌이 고스란히 내 마음에 전해졌다. 눈시울이 젖으신 선생님께서는 이야기가 끝나자마자 나를 꼭 안아주셨다. 그리고 나를 위로해주고 싶은 분들은 앞에 나와서 안아주라고 하셨다. 자발적으로 걸음을 옮기신 분들이 줄을 지어 말없이 안아주셨다. 한 분 한 분의 온기가 내 아픔을 따뜻하게 녹여주었다. 있는 그대로의 모습으로, 존재 자체로 사랑을 느낀 순간, 내 마음속 사랑이 응답했다.

　'나도 누군가를 온전하게 안아주자.'

'있는 그대로를 사랑해주자.'

'내 안에도 그런 힘이 있을 거야.'

그 힘에 이끌려 버츄코칭리더 교사성장학교에 들어갔고 권영애 선생님과 버츄의 연을 맺었다. 그렇게 나는 두려움 대신 사랑을 선택하게 되었고, 새로운 학교에서 5학년 담임으로서 새 학년을 맞이했다.

개학 첫날, 아이들과 간단한 인사를 끝낸 후, 1학년 동생들의 입학을 축하하기 위해 입학식에 참석했다. 줄도 서지 않고 친구들이랑 장난치며 시종일관 떠들기만 한 아이들이 대부분이었다. 교실로 돌아오자마자 나지막한 목소리로 입을 열었다.

"선생님이 여러분에게 할 말이 있어요."

순간 정적이 흘렀다. 그때 한 아이가 말했다.

"선생님, 우리 혼내려고 하는 거지요?"

약간은 긴장된 말투였다.

"아니요. 우리 친구들 다리 많이 아팠지요? 오래 서 있느라 힘들었을 텐데 긴 시간 동안 참고 기다려줘서 고마웠어요."

아이들이 이내 의아한 표정을 지었다. 떠들었다는 사실을 알고 있는지 혼이 날 거로 생각했던 모양이었다. 떠드는 아이들을 보며 화가 난 것도 사실이다. 예전 같으면 입학식 날 어떻게 그렇게 떠들 수 있느냐며, 고학년답지 않은 행동이라고 나무라듯 얘기했을지도 모른다. 그러나 아이들의 입장을 먼저 헤아려주고 싶었다. 그런 다음 입학식 예절에 관해 이야기해도 늦지 않다고 생각했다.

'사랑하는 마음으로 아이들을 바라보면 분명 진심을 알아봐 줄 거야.'

얼마지 않아 진심이 통하기 시작했다. 아이들이 사랑의 신호로 응답했다. 긴 머리에 모자를 눌러 쓰고 나를 차갑게만 경계했던 아이는 모자를 벗고 웃음으로 화답했다.

"선생님, 제 앞머리 너무 짧죠?"

그 아이를 만나고 딱 일주일이 지났을 때였다. 차가운 표정은 온데간데없이 사라지고, 수줍게 웃으며 사랑스러운 미소가 가득한 아이가 서 있었다. 그뿐만이 아니었다. 수업 시간에 부정적인 반응만 보이며 무기력하게 엎드려 있기만 했던 아이 역시 영원히 굳게 닫혀있을 것 같던 마음을 열어주었다. 순식간에 일어난 일이었다.

"선생님, 제 전번이에요."

종이를 건네주고는 그대로 사라졌다.

꼬깃꼬깃 접어둔 종이를 펼치니 그 아이의 전화번호가 적혀있었다.

하루하루가 신기하고 감사했다. 놀라운 경험이었다. 그저 두려움 대신 사랑하는 마음으로 아이들을 대한 것이 전부였다.

사랑스럽다고 생각하니 절로 사랑스러운 아이들이 되어있었다. 천방지축 온 학교를 뛰어다녔던 아이들은 어느덧 함께 정한 약속을 존중하며 지킬 줄 아는 아이들로 변해 있었다.

권영애 선생님이 나를 안아주셨던 것처럼 우리 아이들을 있는 그대로 안아주고 싶다. 나에게서 사랑을 경험한 아이들이 다른 사람들에게 사랑을 나누는 모습이 흐뭇하다. 사랑이 가진 힘을 알기에 오늘도 아이들의 이름을 한 명 한 명 따뜻하게 불러주며 인사를 건넨다. 권영애 선생님이 내 이름을 불러주셨던 것처럼.

변화의 순간

박영현

교육 잡지에 기고하는 동 학년 선생님이 부러웠다. 젊은 나이에 교감이나 장학사를 하는 선생님을 존경과 질투가 섞인 시선으로 바라보았다. 나보다 어린데 벌써 부장을 달고 학교 일을 척척 잘 해내는 선생님들이 거북했다. 아이들에게 사랑 받고 종업식 날 눈물 세례까지 받는 선생님이 정말 부러웠지만 아닌 척했다. "그 선생님을 만나려면 삼대가 복을 쌓아야 한다."라는 말을 듣고 심한 질투감에 칭찬 한마디 안 한 내가 떠오른다.

누군가 도전할 때 나는 그렇게 하지 못했다. 질투를 성장의 동력으로 쓰는 대신 무시해 버렸다. 그 사람이니까 할 수 있지

하며 눈을 감아버렸다. 애써 괜찮은 척 넘어갔다. 하지만 가끔은 뭔가 불편했다. 특별한 선생님들을 험담하며 그 불편함을 풀기도 했다.

'뭐 하러 저렇게 바쁘게 살지? 승진할 것도 아닌데 말이야.'

'그러게 저렇게 튀게 학급경영을 하면 옆 반에 피해준다고. 좀 적당히 하지.'

주어진 업무를 잘 해내는 것만도 벅차고 바빴다. 도전과 성장이 좋은 것은 알지만 익숙한 것이 편했다. 실수할까 두려웠다. 두려움은 쉽게 전염되었다. 발전하고 싶다는 생각도 들지만 현실의 나는 여력이 없다. 변화를 이루어 낸 선생님들을 동경하기도 했지만, 대부분 선생님은 나처럼 산다는 생각으로 합리화해버렸다.

스타 선생님에게는 열광하지만 동료 선생님이 잘나가면 배가 아프다. 같은 시간인데 다르게 사는 특별한 선생님들을 인정하면 나의 패배를 인정해야 하는 꼴이기 때문이다. 무의식적 비굴함은 나의 패배를 인정하는 대신에 그들을 헐뜯고 싶어 했다. 꽤 오랫동안 그랬다. 내가 뭘 원하는지도 모르면서 그것을 찾아 헤매는 시간을 지나왔다.

변화의 순간이 기적과도 같이 찾아왔다. 누가 변하라고 말하지 않았다. 변하지 말라고도 않았다. 그동안 내가 아닌 순간들을 살아오면서 쌓인 불만족에 대한 반발이 정점을 찍었던 것 같다. 그것이 변화로 이끌었는지도 모른다. 무의식의 선택이 있었는지 신의 이끎이었는지 모르지만, 질투의 순간을 성장의 동력으로 삼게 되었다. 구하고자 하면 길이 열린다는 말이 거짓말 같이 실현되었다. 혼란 속에 있을 때 도움의 손길이 있었고, 선택의 순간에 내면의 목소리가 길을 알려주었다.

'버츄코칭리더학교'에서 결이 같은 사람들을 만났다. 겉모양은 달랐다. 신규발령 받은 선생님부터 정년을 맞이하신 선생님까지 나이도 경력도 경험도 제각각이었다. 하나같이 아픈 가슴을 안고 배움을 찾아 흐르고 흘러 우연을 가장한 필연으로 만나게 되었다. 삶의 여정 가운데 성장의 지점은 모두 달랐다.

우리는 함께 영혼이 통하는 작은 문을 만들기 시작했다. 매달 모임을 했으며 매일 글을 쓰고 서로 위로하는 시간을 가졌다. 따뜻하게 나를 용서하는 법을 배웠다. 작은 떨림이 공명해서 더 큰 울림으로 나와 내 주변을 변화시키는 것을 체험했다. 그 중심에 권영애 선생님이 계셨다. 충만한 사랑을 바탕으로 끊임없이 배우고 성장하며 우리를 이끌어 주셨다.

우리는 마음의 소리를 거짓 없이 나눌 수 있는 관계가 되었다. 부족함은 허물이 되지 않았다. 부족함이 오히려 완전함이 되는 것을 경험하게 했다. 내면의 성장을 지지하고 무엇이 진짜 가치 있는 것인가를 고민하는 사람들이 되었다. 성과로 판단하지 않고 존재 그대로 인정하는 공동체 안에서 안정과 평화를 느꼈다. 엄청난 지지와 사랑을 느꼈다.

주변 사람들이 나에게 말하기 시작했다.

"돈 버는 것도 아닌데 왜 그렇게 열심히 해?"

"그런 것 배우면 승진할 수 있어?"

"다른 선생님들은 방학 때 쉬던데 넌 왜 그렇게 바빠?"

조용히 미소를 짓는다. 삶을 보는 새로운 눈이 떠질 때 우리는 다시 만날 것을 알기 때문이다. 고난과 시련이 여전히 내 앞에 다가오지만 그 안에서조차도 빛나는 보석을 발견할 것임을 확신한다. 정동의 순간 깨어있는 우리는 반드시 통함을 믿는다.

교실과 내가 유리되지 않는
실존적 삶의 힘

나의 존재를 만나고 너의 존재를 만나 체험한 시간, 해방일지의 시간을 지나며 우리는 함께 성장했다.

'누군가의 단 한 사람'이 된다는 것은 먼저 '자신의 단 한 사람'이 되는 것이다. 누가 나에게 교육이 무엇이냐 묻는다면 나는 서슴없이 말한다. "자신을 1이라 믿는 한 사람을 이미 100을 가지고 있다고 믿어주는 사람이 준 체험으로 결국 자신을 100이라 믿는 과정"이라고….

부모, 교사는 자신이 1로 쪼그라들 때 한 사람을 만나 그 사람 안의 100의 믿음으로 자기 존재를 깊이 체험해야 한다. 그 체험을 내 아이에게 주려면 어른인 나의 존재 체험이 필수다. 존재 체험은 보이지 않는 것을 보게 한다. 보이지 않는 것을 믿게 한다. 기꺼이 한 사람의 얼음 손을 잡게 한다.

우리는 존재 체험의 교사성장학교에서 지난 몇 년 동안 데일리 버츄 미션을 나누고, 위클리 셀프 존재 체험 미션을 나누었다. 위클리 미션을 만드느라 밤샌 날들, 매주 100여 개 미션 글을 읽고 댓글을 다느라 새벽까지 컴퓨터 앞에서 보냈던 시간…, 매월 올데이 정기 워크숍, 2박3일 캠프프로그램을 만들고 진행했던 시간, 개인 상담, 전화 상담 등으로 사랑을 나눈 순간들…, 1년간 담임교사를 자청해 내가 좋아 사랑해 준 내 아이들 같다. 내 사랑때, 손때, 맘때 묻혀놓은 위대한 사랑 천사 선생님들, 나 또한 소중한 한 사람 한 사람을 존재 대 존재로 만나는 귀한 체험의 시간이었다.

한 천사 선생님의 발표를 들으며 눈물을 하염없이 흘리는 선생님들을 본다. 얼음이 된 아이 존재를 만나고자 정성을 다하고, 다시 실망해 무너지는 과정, 맘 아프고 상처를 받았던 시간들…, 그리고 무수한 존재 체험의 시간이 지나 깨닫게 된 것들을 고백한다.

삶은 처음부터 기적이었으며

사람이 얼마나 아름다운지, 삶이 얼마나 풍요로운지,

우리는 매 순간 기적 속에 있음을 배웠다고.

어쩌면 그렇게 말해주는 사람을 오랫동안 기다렸는지 모른다고.

"너 똑바로 안 하면 인생 끝장날 거야!"

"너는 이런 걸 해야 가치 있는 존재야."라고 말하는 세상 속에서 확신을 가지고 사랑의 길을 걷는 사람을 만나

내 마음의 빛을 발견하고 깨우며

그 사랑의 길을 선택하는 경험은 얼마나 벅차고 아름다운지.

존재 체험학교 천사 선생님 1기들이 지난 1년 지나온 날들의 영상을 틀었을 때 2기도 함께 눈시울이 젖었다. 불 켜진 장미꽃을 한 송이씩 2기들 손에 쥐여 주었다. 1기들이 안아주니 2기들은 울먹이고…, 이런 가슴 뜨거운 수료식은 처음이었다. 내 인생 화양연화의 순간이었다. 선생님들의 편지와 사랑의 손길, 눈빛, 가슴으로 오간 암묵 경험들, 교사들과 만나 함께 나눈 존재 체험의 순간순간들, 오감의 경험들이 내 영혼 깊숙이 기록되었다. 행복하고 따뜻했다. 한 분 한 분 천사패 읽어드리는데 고마워서 기뻐서 눈물이 하염없이 났다. 우리가 걸어온 사랑 체험, 존재 체험의 길, 계속 손잡고 걸어가자고 말해주었다.

나는 작은 빛이지만, 이 빛이 모이고 모이면 빛의 길이 된다. 누군가 그 길을 따라 걸어갈 수 있는 길이 만들어지는 것이다.

　한 아이의 성장에도 존재 체험이 필요하다. 보이지 않는 것을 봐주고 믿어주고 누군가 따뜻하게 손잡아 주고 토닥여 주는 시간이 필요하다. 가슴에 꽁꽁 언 얼음 아이까지 품어주는 한 사람이 필요하다. 서로가 함께 안아줄 때 우리는 두려움의 길에서 사랑의 길로 멈추지 않고 갈 수 있다. 사람만이 사람의 삶에 사랑을 선물하고, 사람만이 사람의 삶에 기적을 선물한다. 우리는 그것을 믿게 되었다.

　사람만이 사람의 삶에 기적을 선물한다. 나는 그 기적을 믿는다! 교사는 차가운 세상을 만나줄 존재! 얼음 된 아이 손잡아 주는 위대한 존재다. 나는 어린 영혼을 존재로 만나는 교사들을 사랑한다. 존경한다.

　"사랑이 모든 것을 바꾸었다. 내 인생을 바꾸었다. 나는 부족한 나를 진심으로 사랑하게 되었다. 한 아이의 성장 과정을 기다려주고 사랑하게 되었다."

　이 귀한 존재들이 우뚝 서서 사랑의 길을 끝까지 가겠다고 다짐한다. 가슴에 아이들을 품는 모습을 본다. 따뜻해서 가슴 벅차다. 함께 라서 행복하다.

　나는 존재 체험을 함께하고 나누고 싶다. 위대한 존재로 먼저 자신을 사랑하고 존재 자체로 사랑받아야 나 자신, 한 사람을 깊이 만날 수 있다. 한 아이를 사랑할 수 있다. 희생보다 강한 상생은 내 존재로부터 시작한다. 따스한 사랑에너지 속에서 깊이 사랑받고 존중받은 존재 체험의 힘을 나는 믿는다.

그 힘은 어떤 가르침보다 원래 자기 존재가 가진 힘, 사랑이라는 빛을 알아차리게 한다. 자기 존재의 힘, 사랑을 믿는 교사는 그 자체로 가장 힘 있는 교실 환경, 교육 환경이 된다. 자기 실존인 사랑을 체험하며, 한 아이 실존을 깊이 만난다. 교사에게는 교실과 삶이 유리되지 않는 실존적 삶, 아이들의 존재를 만나는 것이 존재 실현, 존재 가치다. 존재 체험은 교실이라는 삶의 장을, 두려움에서 사랑으로 전환하며, 아이도 교사도 삶이 회복된다. 존재 체험의 힘이다.

이제 더는 누군가가 내게
"괜찮아?"라고 말해주길 기다리지 않는다.
나는 이제 너무나 잘 알고 있다.
난 괜찮다는 것을.
난 이미 좋은 사람이라는 것을….
소소한 일상에 들이는 작은 정성이 사랑임을….
나와 함께 시작한다는 것을….
나와 함께 시작한다는 것을….

대한민국의 교단에서 수많은 어려움에도 불구하고, 묵묵히 어린 영혼을 사랑해주시는 위대한 교사, 우리 선생님들을 깊이 사랑한다.

꽃 샘 _ 권영애